TÂNIA ALEXANDRE MARTINELLI

Ilustrações de

EVANDRO LUIZ

Debaixo da INGAZEIRA da Praça

Coleção Jabuti Vida

Editora Saraiva

Editor: ROGÉRIO CARLOS GASTALDO DE OLIVEIRA
Assistente editorial: KANDY SGARBI SARAIVA
Suplemento de trabalho: MARCIA GARCIA
Gerência de arte: NAIR DE MEDEIROS BARBOSA
Supervisão de arte: ANTONIO ROBERTO BRESSAN
Projeto gráfico e diagramação: EDSEL M. GUIMARÃES
Ilustrações: EVANDRO LUIZ
Projeto de capa: TEREZA YAMASHITA
Produtora gráfica: LILIANE CRISTINA GOMES
Impressão e acabamento:
BMK Pró Indústria Gráfica Ltda.

Dados Internacionais de Catalogação na Publicação (CIP)
(Câmara Brasileira do Livro, SP, Brasil)

Martinelli, Tânia Alexandre
Debaixo da ingazeira da praça / Tânia Alexandre Martinelli ; ilustrações de Evandro Luiz. — São Paulo : Saraiva, 2005. — (Coleção Jabuti)

ISBN 978-85-02-05087-7

1. Literatura infantojuvenil I. Luiz, Evandro. II. Título.

05-2827 CDD-028.5

Índices para catálogo sistemático:

1. Literatura infantojuvenil 028.5
2. Literatura juvenil 028.5

13ª tiragem, 2019

SARAIVA Educação S.A.

Avenida das Nações Unidas, 7221
CEP 05425-902 – Pinheiros – São Paulo-SP
Tel.: 4003-3061
www.coletivo.com.br
atendimento@aticascipione.com.br

CL: 810107
CAE: 603357

Para Jocimar, para Carlos Zanóbia,
pelo seu trabalho no CAM – Centro de
Atendimento ao Migrante de Americana,
e para a turma da rua: Emília, Aécio,
Aldo, Paschoal, Carlos, Silvana,
Liliana, Jéssica.

Uma bola que ia virar laranja

Sábado, três horas da tarde. Tudo na maior tranquilidade no bairro. A irmãzinha do Júlio brincava de boneca com mais duas vizinhas na calçada; os filhos pequenos do seu Paulo aprendiam a fazer pipa com a dona Conceição, na varanda da casa dela; eu, o Júlio, o Lucas e o Marcelo jogávamos bola na rua; o Américo tinha acabado de plantar umas mudinhas de onze-horas no jardim dele. O canteiro ainda estava molhado.

— Xiii! E agora?

— Agora você vai lá e pega. Quem manda ter o pé torto?

— Foi você que gritou, Miguel: "manda pra mim! Manda pra mim!".

— Pra mim, Júlio, não pro canteiro!

— Gente! Sabe o que eu lembrei? Minha mãe falou pra eu voltar cedo. Acho que eu vou embora.

— Não vai embora coisa nenhuma, Marcelo! Nós vamos resolver isso os quatro juntos.

— Por que os quatro? Você não tinha falado pro Júlio ir buscar a bola, Miguel?

— Falei, Lucas.

— Mas eu não vou. Toda vez sou eu!

— E não foi você quem chutou, ora essa!

— Chega! Vamos no dois ou um.

— Ah, não, Miguel! Eu sou muito azarado nesse negócio de dois ou um.

— Dois ou um e tá acabado, Lucas.

Lucas, de cara amarrada: dois.

Marcelo, querendo dar no pé o mais rápido possível: dois.

Júlio, já aceitando que ia mesmo sobrar pra ele: dois.

Eu, num dia em que tinha levantado com o pé esquerdo: um.

— Você vai, Miguel.

Enquanto os meninos esperavam sentados na sarjeta, do outro lado da rua, eu abria, bem devagar, o portãozinho de ferro da casa do Américo.

Olhei para um lado, para o outro... Estava um silêncio ali! Nem sombra dele. A Madalena, a gente sabia, não estava. Tinha saído um pouquinho antes, de sacola na mão, para ir ao mercado. Paramos a bola no momento em que ela atravessou a rua cumprimentando todo mundo. Talvez o Américo estivesse dormindo e nem tivesse prestado atenção ao nosso jogo.

Olhei para o canteiro. Vi várias onze-horas espatifadas, coisa que eu já esperava. Mas o que eu não esperava era não ver outra coisa. Cadê a nossa bola?

Olhei para trás, por cima do pequeno muro, e fiz um sinal para os meninos. Nada de bola. Eles foram se levantando e atravessando a rua.

— A bola não tá aqui, não — eu repeti o que já tinha falado com gestos.

— Mas eu vi cair aqui, Miguel — afirmou Marcelo.

— Eu juro que não quebrei nenhuma vidraça! — o Júlio tratou logo de se defender.

— É claro que não quebrou, senão a gente teria ouvido o barulho — eu disse. — Se o Américo pegou a bola...

— Sem a gente ver, Miguel? — disse Marcelo, franzindo a testa. — Que coisa mais estranha!

— Então, a essa hora, a nossa bola já virou uma laranja! Igualzinho faz o seu Antonio — concluiu Lucas.

— Será? — eu disse, já começando a ficar preocupado com essa possibilidade.

— Ai, meu Deus! Outro seu Antonio na rua, não! — implorou Júlio.

Esse seu Antonio, de quem os meninos falavam, ficava o tempo inteiro de olho nas nossas brincadeiras de rua. Era só a bola cair no quintal dele para transformá-la numa laranja descascada. Pegava seu canivete, cortava a bola todinha e só depois é que devolvia para nós, na maior cara de pau:

— Pode jogar agora.

Na verdade, nessa hora, nós ficamos morrendo de medo de ter aparecido na rua um outro seu Antonio. Poderia até ser, a gente não conhecia direito o Américo! A Madalena, tudo bem, já morava no bairro desde muito antes de nós nascermos, era amiga de todo mundo. Mas ele, não. Tinha se mudado há pouco, por causa do casamento.

— Acho bom a gente se preparar e fazer uma vaquinha pra comprar uma bola nova.

— Outra vez, Marcelo? Acho que agora o Júlio é quem deve pagar.

— Eu?!

— Claro! Não foi você quem chutou errado?

— Grande amigo você é hein, Lucas!

— Só tô falando o que eu acho certo!

— Querem parar de brigar vocês dois! — interrompi aquela discussão. — Daqui a pouco a Madalena volta e...

— É isso aqui o que vocês estão procurando?

Eu, o Júlio, o Lucas e o Marcelo olhamos para trás. Na porta da sala, todo tranquilo e segurando a nossa bola, estava o Américo. Bom, pelo menos a bola ainda não tinha virado laranja, pensei.

— Dá pro senhor devolver a nossa bola, por favor? — disse tudo muito rápido, antes que me arrependesse. Também, não tinha por que ficar dando voltas. A gente só queria a bola mesmo! Claro que íamos prometer tomar mais cuidado e até pedir desculpas. Era o máximo que a gente poderia fazer.

— Esperem um pouco — o Américo falou.

Nisso, ele entrou com a nossa bola, e ficamos os quatro lá, com cara de bobos, esperando. Esperando o quê exatamente, eu não sabia. Quer dizer, a gente sabia, estávamos esperando a bola. Mas se a bola estava na mão dele, por que é que não jogou logo pra gente?

Demorou uma eternidade, mas voltou. Só que ele não estava com a bola e sim com uma caixinha nas mãos.

O Américo então se aproximou de nós, colocou a caixinha com muito cuidado no chão e disse, muito calmamente:

— Ainda bem que eu não tinha acabado de plantar, senão era bem capaz de aquela bola ter estragado o canteiro todo. Sabem como é, mudinhas são muito delicadas — e se agachou, ficando ajoelhado perto da caixinha, ao mesmo tempo que ia mexendo na terra com uma pazinha.

Começou a cavar, mas logo em seguida parou. Olhou para cima, para nós quatro, que ainda estávamos em pé e sem entender absolutamente nada.

— Vamos! — ele disse. — O que é que vocês estão esperando? Vão abrindo aqueles saquinhos ali e me dando as mudinhas. Ah! Tem muita gente pra fazer isso. Vamos dividir o serviço. Tome — olhou para o Júlio, passando a pá. — Você cava, o loirinho ali — era o Marcelo — abre os saquinhos e vocês dois — eu e o Lucas — vão colocando as onze-horas no buraco. Eu vou cobrindo novamente de terra. Ficou melhor assim?

Muita calma e paciência

Júlio e Lucas eram meus vizinhos, um de cada lado. A casa do Lucas ficava exatamente duas para cima da do Américo. Só o Marcelo é que morava na rua de baixo. Eles eram meus fiéis companheiros, todos nós com quatorze anos naquela época. Estudávamos na mesma escola, de manhã, e na mesma classe também, a oitava série.

Éramos todos meio parecidos: gostávamos de jogar bola, bolinha de gude, ficar rodando de bicicleta por aí, pular de casa em casa nas brincadeiras de pega-esconde, conversar debaixo da ingazeira da praça... Puxa! Era tanta coisa! O dia parecia muito curto para nós quatro.

Tínhamos também quase a mesma altura e mais ou menos o mesmo corpo. Todos magros, acho que de tanto correr de um lado para o outro o dia inteiro. Só o Marcelo era loiro, bem clarinho, e nós três, morenos.

Nesse dia, depois de plantarmos as onze-horas, o Américo levou a gente para dentro de casa, mandou todo mundo lavar as mãos e nos ofereceu um suco.

Nós aceitamos, já que estávamos morrendo de calor e de sede. Nunca vi tanta mudinha para plantar! E nós achando que o Américo já tinha terminado o canteiro. Sei! Ficamos um tempão lá com ele abrindo saquinho, cavando buraco, enterrando a mudinha e o Américo jogando terra por cima. Puxa!

Mas também ninguém reclamou. Claro, o Américo ainda estava com a nossa bola! Quem ia ser besta?

— Nós fizemos um bom trabalho! — ele disse, todo contente e orgulhoso. Ninguém falou nada. Só ficamos um olhando para a cara do outro com o canto dos olhos.

Nessa altura, já tínhamos terminado de beber todo o suco e não nos restava mais nada a fazer ali. A não ser por uma coisa:

— O senhor poderia devolver a nossa bola, por favor? — arrisquei.

— A bola? Ah, claro! Já nem me lembrava mais. A bola! Onde foi que eu coloquei mesmo?

Eu olhei para o Júlio, que estava com jeito de quem ia acabar falando alguma besteira do tipo: "Esse cara por acaso é maluco?".

Fiquei torcendo para ele não abrir a boca. Não só ele, como ninguém mais. Ficamos em silêncio esperando o Américo se "lembrar" onde é que tinha guardado a nossa bola. Claro que ele fazia de propósito, mas a gente estava mesmo achando que ele era um velho maluco, isso sim.

— Meninos, não consigo me lembrar, não...

Eu comecei a ficar meio nervoso com aquela história.

— Como, não? — tentei falar com o máximo de calma possível. E então fui procurando lembrá-lo, medindo cada uma das palavras: — O senhor estava com ela lá na varanda, aí entrou, voltou com uma caixinha de mudinhas de onze-horas...

— Que a gente ajudou o senhor a plantar tudinho!

— Fica quieto, Júlio! — dei uma bronca. Eu pensei: "vai que o velho esquece tudo de novo!". Bom, se é que ele tinha lembrado.

E, voltando-me em seguida para o Américo:

— Então? O senhor deixou a bola onde pegou a caixinha, não foi?

— Ah! — ele deu um grito de repente, estalando os dedos, como quem tivesse feito uma descoberta importante. — Agora eu me lembro!

Ufa! Suspiramos mais aliviados.

— Que bom, seu Américo — eu disse, numa calma e paciência que eu nem sabia de onde é que eu tinha tirado. — Pode pegar pra gente, então?

— Eu deixei junto com as minhas luvas. Era para que quando eu voltasse, encontrasse as duas coisas ao mesmo tempo.

— Luvas? — disse Marcelo. — Mas que luvas?

— As minhas luvas de goleiro, ora essa!

Nós quatro arregalamos os olhos. Que conversa mais sem pé nem cabeça!

Aí, ele disse:

— Ué! Por que o espanto? Achei que vocês estivessem precisando de um goleiro.

— Goleiro? Bom...

O Lucas ia falar qualquer coisa, mas achei melhor nem deixá-lo começar:

— Pode buscar a sua luva, seu Américo — falei. — E a nossa bola também, é claro.

— Só Américo. Se vamos ser do mesmo time, não tem por que me chamar de seu Américo, muito menos de senhor.

O campinho perto da praça

O nosso futebol de rua era assim: a gente só marcava nas extremidades as duas traves com dois pares de tênis (ou chinelos mesmo) e chutava pro gol (ou para algum quintal ou canteiro de jardim). Éramos atacante, zagueiro, tudo ao mesmo tempo.

Quando queríamos fazer um jogo um pouco mais completo, íamos para o campinho em frente à praça. Era o lugar em que costumávamos marcar uma partida com os meninos do mesmo bairro ou de outros.

A posição de cada um era resolvida na hora. Se eram cinco para um lado e cinco para o outro, ou quinze para um lado e quinze para o outro, isso também víamos na hora. Tudo dependia de quantos meninos apareciam para jogar.

Combinamos com o Américo um joguinho para o sábado seguinte, à tarde. Primeiro fomos para a praça. Lembra o que eu falei sobre a ingazeira? Então. . . A gente adorava subir e, muitas vezes, ficar dependurados nela, de cabeça para baixo, só as pernas enroscadas num dos troncos. Era muito comum, de lá do alto dos seus galhos, combinarmos uma porção de coisas.

O Américo tinha pedido para irmos na frente. Ele ia ajudar a Madalena a arrumar a cozinha e depois ia em seguida.

Fomos. De cima da ingazeira, vimos os outros meninos chegando ao campinho, um a um.

— Sei, não...

— Sei não o quê, Júlio?

O Júlio estava com os olhos lá no outro lado da rua e balançava a cabeça, bem devagar, de um lado para o outro.

— Sei, não, Miguel. A hora em que os meninos virem que o nosso goleiro é uns cinquenta anos mais velho que a gente...

— Foi o Miguel quem concordou com essa história de goleiro — o Lucas falou rapidamente.

Fiquei bravo:

— Ô, Lucas! Que mania você tem de querer tirar o corpo fora de todas as questões importantes que acontecem, hein?

Ele desconversou, fez cara de santo:

— Eu, Miguel?

— Você, sim. Que coisa! O que é que você acha que eu poderia falar? Além do mais, ninguém disse que tem idade certa pra jogar no campinho. Não há nenhuma regra. Não interessa que o jogador tenha 14, 10 ou 60 e poucos anos.

— Ou 60 e muitos... — brincou o Marcelo.

— Vão tirar o maior sarro da nossa cara — disse Lucas. E disse de um jeito que era mais para provar que estava certo, já que tinha sido eu o inventor dessa história do Américo goleiro.

Mas aí, antes de eu pensar em dizer qualquer coisa, o Marcelo resolveu, de um jeito ou de outro, me defender:

— Deixa, Lucas. Vai que o Américo é bom mesmo.

— É — o Júlio também concordou. — Vamos pagar pra ver. E, olha, vai ser já, já.

O Júlio fez um gesto apontando com a cabeça e todos nós olhamos para aquela direção. Vimos o Américo se aproximando. Ele e as luvas dele. Incrível aquilo. Uma coisa que nunca tinha acontecido com a gente antes. Mas o jeito era descer e enfrentar a situação. Fomos pulando da ingazeira, um a um, e ficamos esperando.

— E aí meninos? — ele chegou perguntando, todo animado. — Preparados pra vencer?

O Américo deu um tapinha nas minhas costas. E nós, uma risada amarela. Eu só pensei: seja o que Deus quiser!

A estreia do Américo

Não esperei ninguém me perguntar. Os meninos bem que estavam com um enorme ponto de interrogação na cara. Por isso, fui logo apresentando:

— Este aqui é o Américo, pessoal. Ele vai ser o goleiro do nosso time.

— Muito prazer! — o Américo foi esticando o braço e apertando firme a mão de cada um dos jogadores do outro time.

— Ele vai ser o quê?

— É isso mesmo que você ouviu, Tavinho — e repeti: — Goleiro.

Na hora, eles fizeram umas caras esquisitas, enjoadas. Mas o Américo acabou desconsertando todos eles com a pergunta:

— Por quê? Não pode?

Claro que ninguém teve a coragem de falar que não. Mas eu vi bem na cara deles, quase podia ler os pensamentos de cada um. Pensavam que iam dar

uma surra na gente, encher o Américo de gol e depois sair por aí nos desmoralizando. Para ser sincero, eu morria de medo de que fosse acontecer isso mesmo.

Naquele sábado, lá na rua, depois que o Américo devolveu a nossa bola e mostrou a luva de goleiro, nós até que fizemos um pequeno treino em frente à casa dele. Mas não dava para saber direito. Chutar bola na rua não é a mesma coisa que no campinho.

Além disso, tinha o Lucas, que agora dava de ficar arranjando um culpado para tudo o que acontecia com a turma. Eu ia ter de aguentar o falatório dele também.

Separamos os times. Entrou mais um para o nosso, o Pedro, porque nesse dia nós contávamos com dez jogadores (mais dois goleiros).

O Tavinho continuava com aquela cara azeda, como quem diz: "é agora que vou dar um banho nesse velhote!".

Engoli em seco quando pensei nisso. Até gelei por dentro. O Tavinho era bom de drible. Vivia dizendo que ia ser jogador profissional. Na certa, ia fazer o Américo engolir tantos frangos que ele nem ia precisar jantar com a Madalena quando chegasse em casa!

Bola no meio de campo, o juiz apitou (nesse dia, o juiz era o Gabriel, porque, quando ele apareceu, os times já estavam formados. Claro que ele reclamou, mas não teve jeito. Da próxima vez, ele que chegasse mais cedo.).

Tavinho estava, mais do que nunca, com fome

de gol. Talvez tenha sido por isso que se atrapalhava tanto. Não queria saber de passar a bola, queria fazer tudo sozinho. Aí o que acontecia? Ele errava muitos dos passes que não era acostumado a errar.

Chutou direto, de longe, duas vezes para o gol, o Américo segurou a bola com força. Nem teve tanta dificuldade assim, o chute do Tavinho veio fraco, fraco.

— É isso aí, Américo! — gritei. Ele fez um sinal de positivo para mim.

Tavinho ficou louco da vida. Estava se sentindo meio desmoralizado, eu acho. Então, pediu um tempo, conversou com a equipe, que acabou brigando com ele o chamando de fominha, o que o fez xingar a equipe de bando de pernas de pau (não fizeram a mínima questão de brigar em voz baixa, isso todo mundo ouviu).

Voltamos para o jogo. O Pedro saiu com a bola. Foi chutar para mim, mas o Tavinho foi mais esperto e roubou a bola dele. Passou para o Marcos, que devolveu ao Tavinho. Ele já ia se preparando para chutar para o gol, quando eu fui mais rápido e meti um bicudo na bola, empurrando-a para o meio das pernas dele. Com agilidade, corri, dei a volta e fui driblando para o gol. Vi a cara do Sérgio, o goleiro do outro time, lá no fundo. Antes, passei pelo Marcos, driblei, joguei a bola para a direita, fui correndo pegá-la. O Marcos atrás de mim. Consegui ser mais rápido, a cara do goleiro agora estava bem pertinho. Era a hora de chutar. Eu e o Sérgio frente a frente. Fiz que ia chutar para a direita, o Sérgio moveu o corpo nessa direção se preparando para a defesa, mas eu chutei, com força, bem para o meio do gol.

— Goooool! — todos nós gritamos. O Américo saiu do seu posto para vir nos abraçar também.

Aí é que o Tavinho ficou mais louco ainda. Tinha que marcar um gol de qualquer jeito. Ele gritava a toda hora:

— Passa pra mim! Passa pra mim!

E os meninos passavam.

Num dos lances, ele driblou o Lucas, o Marcelo, o Pedro, passou feito um corisco pelo Júlio e chegou perto de mim. Eu precisava segurar o Tavinho, senão dali seria gol na certa. Ele dançou na minha frente, jogando a bola de um pé para o outro para me confundir. Estiquei a perna para tirar, mas a única coisa que o meu pé alcançou foi um punhado ralo de grama. Caí sentado, o Tavinho acelerou. O Américo já se preparando. Agora ia. Tavinho já estava lá na frente, sozinho. Aí eu pensei: "agora é gol, não vai ter jeito. A bola vai virar uma bomba no pé dele!". Tavinho olhou para o Américo, o Américo já em posição para cair para um lado ou para outro. Tavinho mirou o canto do gol e, com toda sua força, chutou. O Américo caiu para a esquerda, esticando os braços. Eu que não queria nem ver. Estava contando os segundos para ouvir "gooooooool!" do time adversário. Mas o que eu ouvi foi um sonoro "uuuuhhh!". Fiquei alguns poucos segundos olhando para o gol e tentando entender, quase nem acreditando. Mas era isso mesmo. O Américo tinha agarrado aquela bomba.

Fim de jogo. Um a zero para nós.

Uma notícia de cair o queixo

Atravessamos o campinho sujos de terra até o pescoço. Inclusive o Américo, que tinha dado uma boa ralada no cotovelo na hora em que caiu para fazer a defesa mais espetacular do jogo.

Paramos um pouco debaixo da ingazeira para descansar e para falarmos sobre a nossa vitória. Antes, tomamos água e enfiamos a cabeça debaixo de uma torneira que havia ao lado de um dos bancos. Um calor!

— Pô, Américo! Você é bom mesmo, hein? — eu disse. Depois, dei uma sacudida no cabelo para secar.

O Américo passou as mãos pela testa para enxugar um pouco da água que ainda restava em seu rosto e respondeu:

— Já fui melhor. Agora eu estou meio enferrujado.

— Enferrujado? — o Júlio disse. — Enferrujado, nada!

— É, Américo, você tá em forma — completou Marcelo.

E ele estava mesmo. O Américo tinha um corpo bom. Era forte, mas não gordo. Os cabelos já eram quase todos bem branquinhos, alguns ainda grisalhos. Onde ele tinha, é claro. No alto da cabeça, o que a gente via era uma bela careca cor-de-rosa. Ele tinha a pele clarinha, que contrastava com aqueles olhos azuis.

— O que você acha, Lucas? — perguntei, já que ele era o único que ainda não tinha falado nada.

Eu tinha feito essa pergunta mais para provocar mesmo. Não era ele quem ficava empurrando a responsabilidade de tudo para cima de mim? Se o Américo tomasse um frango, eu é que ia ouvir. Ah, se ia! E agora ele ficava assim, mudo? Nã-nã-nã-nã-não!

Mas ele respondeu sem ligar ou sem perceber:

— Concordo com o Marcelo, Américo. Você não está enferrujado coisa nenhuma. Você fez bonito lá no campinho.

— Obrigado, Lucas. Este foi o melhor elogio que eu recebi nos últimos dez anos. Coisa boa de ouvir!

Uma pergunta me veio à cabeça de repente:

— Por acaso você era goleiro, Américo? Quero dizer, goleiro profissional?

— Acertou, Miguel. Eu fui goleiro, sim. Comecei nas categorias de base, abaixo dos dezesseis anos, e, mais tarde, passei para a profissional.

— Puxa vida! — o Júlio disse, mal conseguindo segurar o espanto. Aliás, todos nós estávamos muito admirados com aquela história do Américo.

— E qual era o seu time? — Marcelo quis saber.

— Sempre joguei para o Esporte Clube Luzes. Era a minha cidade até pouco tempo atrás. Tive sorte de começar e encerrar a minha carreira no mesmo time, o meu time do coração!

— Nossa... A gente nem imaginava — falou Marcelo.

— Por isso você tem as luvas guardadas — concluí.

— Ah, sim! Tenho várias delas. Esta aqui — ele mostrou novamente — foi de quando meu time foi campeão em 1944. Foi um belo jogo. Esplêndido! Não deixei passar nem um gol o campeonato inteiro!

— Tá explicado por que pegou a bomba do Tavinho — lembrou Lucas.

— Aquele menino é bom — disse Américo. — Ele tem futuro no futebol.

— Como é que você se lembra de coisas que aconteceram há tanto tempo? Quarenta anos atrás!

— Lembro de muito mais coisa ainda, Marcelo. Tenho a memória boa. Ou vocês acham que só porque uma pessoa tem uma certa idade já não tem mais memória?

— Eu não quis dizer isso — falou Marcelo, em um tom de quem estava se desculpando ou se corrigindo. — É que é muito tempo.

— Muito tempo é, mas se vocês tiverem vivido coisas importantes na vida, eu duvido que vão se esquecer. Não interessa que já tenham se passado dez, trinta, quarenta ou sessenta anos. Essas lembranças ficam todas guardadas aqui, no coração.

O Américo contou que depois de encerrada a carreira dele, ficou durante um bom tempo trabalhando como preparador físico do novo goleiro do Esporte Clube Luzes. Isso, até finalmente se aposentar.

Falou da sua sorte em ter conseguido esse emprego, pois com um amigo dele, um dos melhores jogadores do time inclusive, a situação foi bem diferente. Nenhum emprego com o esporte. E como ele não tinha outra profissão, no começo foi muito difícil de se arranjar e até mesmo sustentar a família.

Estávamos todos muito entretidos nessa conversa, quando o seu Milton atravessou a praça, cumprimentando-nos:

— Boa tarde!

— Boa tarde, seu Milton! — nós respondemos, quase em coro.

Quando já tinha se afastado um pouco, ele com o seu carrinho de cacarecos, o Américo nos perguntou, curioso:

— Quem é?

— O seu Milton — falei. — Todo mundo aqui do bairro conhece.

— Ele mora aqui pela redondeza? — o Américo quis saber.

Fiquei pensando um pouco. Olhei para os meus amigos que, só pela cara, dava para perceber que tinham a mesma resposta que eu. Então, respondi por eles:

— Ele mora por aí.

— Como, por aí?

— Por aí, ué.

Voltamos a falar sobre o jogo no campinho. O Júlio estava curioso para saber mais alguma coisa a respeito do Esporte Clube Luzes.

Ficamos conversando, ouvindo mais histórias do Américo de quando ele começou no futebol, rindo alto, e também falando da cara do Tavinho que, durante muito tempo, não se conformou em ter perdido um gol feito aquele.

Amores de meninos

Algumas semanas depois, numa certa tarde, peguei a minha bicicleta e fui dar uma volta pelas ruas do bairro.

Fui pedalando até a praça e lá eu encontrei os meus amigos. Estavam os três debaixo da ingazeira, conversando. O sol estava quente, de rachar, e a ingazeira fazia uma sombra pra lá de boa. Deitei minha bicicleta no chão e fui me sentar perto deles.

Às vezes acontecia de a gente acabar se encontrando na praça mesmo, mais especificamente debaixo da ingazeira. Ou em cima dela. Era como se fosse um ponto de encontro. E esta praça parecia mesmo ser só nossa, não havia quem duvidasse disso.

Conversamos sobre várias coisas, mas o Marcelo parecia não estar prestando atenção em nenhum dos assuntos. Ele não estava nem aí com o que falávamos, não tinha dado um palpite sequer, coisa que não era muito normal. Vai ver nem escutado tinha. A impressão que dava era que ele estava com o pensamento longe, mas tão longe! A cabeça no mundo da lua.

— Ei, Marcelo! — dei um chacoalhão no braço dele. — Acorda, meu!

— Hã?!

Só então caiu na real e perguntou:

— O que é que vocês estavam falando mesmo?

— Xi... — o Lucas murmurou.

Mas, aí, sem mais nem menos, ele avisou, já se levantando do chão:

— Sabe, eu vou ter que ir.

Ninguém conseguiu entender absolutamente nada. Primeiro, ele não escuta, depois pergunta mas nem ouve a resposta, e aí fala que vai embora? Coisa maluca!

— Ir aonde? — perguntei.

— Ah... Ir... Ir embora, ora essa!

E, falando isso, pegou a bicicleta e, sem dar maiores explicações, deixou a praça. E também nós três com cara de bobos.

Acompanhamos nosso amigo com os olhos, em silêncio. Não foi tão difícil descobrir o que se passava com ele. E começou com a pergunta do Lucas:

— Aquela lá de bicicleta não é a Juliana? — ele apontou para o outro lado da rua.

Procurei olhar melhor, enquanto o Júlio é que respondia:

— É a Juliana, sim.

Juliana era uma menina um pouco mais nova que nós e que estudava na sétima série. Ela morava ali por perto.

— Mas que moleque safado! Então é por isso que se mandou? — fiquei louco de raiva.

— Pra você ver, Miguel. O Marcelo deve tá a fim dessa menina — concluiu Lucas, na maior calma do mundo.

Olhei rapidamente para ele, mas antes que eu pudesse abrir a boca para falar qualquer coisa, o Júlio disse, num tom de quem estava bronqueado:

— Mas ele nem contou nada pra gente, poxa!

— E por acaso você contou que tá a fim da irmã do Miguel?

Opa, opa, opa. Arregalei os olhos nessa hora. Bem arregalados, por sinal. Não era para o Lucas ter falado aquilo de jeito nenhum porque aquele era um terreno delicado. Muitíssimo delicado.

Quis tirar a limpo:

— Então, quer dizer que é mesmo verdade?

— Que verdade o quê, Miguel! — ele se fez de zangado com a acusação. — Vai acreditar nesse cara aí? Ele tá é inventando pra depois você brigar comigo — e, no mesmo instante, virou-se para o Lucas: — Que belo amigo você tá me saindo, hein?

Mas eu nem deixei o Lucas se defender, já fui logo dizendo:

— Ele só falou o que eu já desconfiava faz tempo. Escuta aqui, ô, Júlio. O negócio é o seguinte: a minha irmã é muito nova pra namorar e, se você não quiser perder a minha amizade, é bom ficar longe dela. Estamos entendidos?

Bom, depois disso cada um foi para um lado. O Júlio desconversou, não disse nem que sim, nem que não. Arranjou uma desculpa boba e foi embora. O Lucas também falou qualquer bobagem e saiu e eu... Bem, eu não disse nada. Só fiquei encarando o Júlio enquanto ele se levantava e subia na bicicleta. E fiz cara de mau, muito mau. Tentei na hora imitar aqueles atores de filmes sanguinolentos.

Nossa... Como eu devo ter assustado o Júlio...

Um belo susto

Fui o último a deixar a praça. Levantei minha bicicleta do chão, mas sem nenhuma pressa de voltar para casa. Fui pedalando devagar, perto da sarjeta, e pensando na vida.

Eu estava decidido a chegar em casa e ter uma conversa muito séria com a Sílvia. Ah! Onde já se viu? Ela era ainda um ano mais nova que eu, e não tinha nada a ver ficar com essa história de namoro por aí.

E o Júlio, hein? Pô! Ele era o meu melhor amigo! Eu não achava justo uma traição dessas. Imagine se eu ia ficar dando em cima da irmã dele. Tudo bem que ela só tinha seis anos, mas mesmo que tivesse mais! Não achava isso certo, não. Amizade é coisa séria.

Parei numa esquina e esperei um carro passar. Minha cabeça ainda voava. Lembrei do Marcelo, que àquela hora ainda devia estar andando de bicicleta com a Juliana. Preferiu ficar com ela a ficar com a gente. Esse era outro traidor.

Depois que o carro passou, atravessei a rua e continuei pedalando devagar. Olhei para os lados. As ruas do bairro estavam um sossego. Passava um carro ou outro muito de vez em quando.

Numa esquina não muito longe de casa, quando olhei para o lado de baixo, tive a impressão de ter visto o Marcelo lá no fim do quarteirão. Tinha uma outra pessoa junto de bicicleta e eu achei que só podia ser a Juliana.

Pensei em dar a volta para surpreendê-los quando me encontrasse com eles do lado de baixo. Parei de pedalar e deixei a bicicleta pegar o embalo da descida, enquanto eu fixava mais um pouco o meu olhar naquela direção. Queria ter a certeza de que eram eles mesmo.

De repente, ouvi:

— Ei!

E uma mão me desequilibrou, quase me fazendo cair. Pus o pé no chão ao mesmo tempo que, rapidamente, virava o pescoço para frente e depois para trás.

Fiquei parado feito estátua. Vi uma menina já na calçada, uma cara pra lá de brava. Meu coração acelerou com o susto. Eu ainda nem tinha entendido nada direito quando escutei uma bronca:

— Você não olha pra frente, não? Quase me atropela, garoto!

Fiquei alguns segundos calado, tentando me recuperar e também procurando compreender o que tinha acontecido ali.

Então, respondi:

— Que eu saiba é você quem estava no meio da rua.

Falei numa boa, com calma, mas a menina parecia estar muito nervosa:

— Meio da rua, nada! Eu estava terminando de atravessar, isso sim.

— E não viu a bicicleta vindo, é?

— Você estava longe. Depois veio feito louco, quase que sobe na calçada!

— Não é verdade! — eu também já estava falando alto, igualzinho a ela. — Tá achando que eu não sei andar de bicicleta?

— Você não estava prestando a menor atenção!

— Você é que não estava!

Aí a menina não disse mais nada. Com o mesmo ar de brava, virou a cara e foi embora, para o lado oposto ao que eu ia.

Onde já se viu? Atravessa a rua na frente da bicicleta e ainda quer ter razão? A gente encontra com cada uma nesse mundo!

Bom, mas eu dei graças a Deus de não ter acontecido nada grave, foi só um esbarrão de leve.

Tudo culpa daquele Marcelo, que nem estava mais na esquina, se é que era ele mesmo. E da Juliana. E do Júlio! E da Sílvia também!

A hora que eu chegasse em casa ela ia ver só uma coisa!

Bravo feito uma onça

Cheguei batendo a porta da sala. Minha mãe apareceu para dar uma bronca. Uma não, duas:

— Que falta de educação é essa? Quem mandou você entrar com a bicicleta pela sala?

— Esqueci, mãe.

— Pode ir já dando a volta. Quer sujar a casa inteira, menino?!

— Cadê a Sílvia?

— Está arrumando o quarto dela. Aliás, você devia fazer o mesmo. O seu quarto está uma verdadeira selva! Quem é que consegue achar alguma coisa lá dentro?

E quem é que queria achar qualquer coisa nessa altura do campeonato? Pelo menos, não no meu quarto. O que eu queria era achar a Sílvia.

— Mãe, eu tenho uma coisa muito séria pra falar com a Sílvia.

— Mais séria do que arrumar o seu quarto?

Fiquei ofendido.

— Muito mais séria! Se você soubesse, bem que ia me dar razão.

— Eu só quero que arrume o seu quarto.

Que raiva! Não ia ter jeito mesmo, ela não mudava o discurso! Pensei que o melhor a fazer era desistir de falar mais alguma coisa com a minha mãe. Que depois ela viria me agradecer. Beijar os meus pés.

Tirei a bicicleta da sala, bati de novo a porta e escutei mais alguns xingos. Dei a volta pelos fundos e, aí, novamente entrei em casa, sem a bicicleta e pela porta da cozinha. Fui direto falar com a minha irmã.

Aquela fingida não estava arrumando o quarto nada. Estava deitada na cama, ouvindo música e escrevendo num caderno.

— Sílvia! — gritei, assim que abri a porta. Claro, sem bater.

Ela só ficou me olhando, com espanto. Fui logo dizendo:

— Preciso falar uma coisa com você.

— Que coisa?

— O que é que está acontecendo entre você e o Júlio, hein?

Ela esboçou a maior cara de inocente, de quem não fazia nem ideia de onde eu tinha tirado aquela conversa:

— O quê?!

— É isso mesmo que você ouviu — fui firme. E dei uma de durão: — Pode ir falando!

Mas ela não aceitou isso muito bem. Nada bem:

— Pode ir falando? E quem você pensa que é pra vir me dando ordens?

— Sou seu irmão mais velho. Tenho a obrigação de proteger você.

ROCK

Ela deu uma risada debochada.

— Era só essa que me faltava! E eu lá preciso de alguém pra me proteger — e, com um jeito irônico, bem pausadamente —, seu Miguel?

— Não quero ver você na boca do povo. Você é um ano mais nova que...

— Dez meses. Temos praticamente a mesma idade. Aliás, com base em nossas atitudes, eu sou muito mais velha que você, que vive tendo comportamento de criancinha o tempo todo — aí falou mais alto: — Como este de agora!

— Eu? Criancinha? Tá bom! É assim que você me agradece?

— Não preciso que ninguém me defenda, Miguel. Eu sei muito bem o que eu faço.

— Olha aqui, Sílvia, eu já falei pro Júlio que não quero nem saber de ele querer se aproveitar de você!

— Que aproveitar, o quê! Ninguém vai se aproveitar de mim! Como você é bobo! Me deixa em paz, Miguel. E some logo do meu quarto que eu tenho mais o que fazer.

Eu saí. Mas antes de bater a porta avisei:

— Se eu descobrir alguma coisa, conto para a nossa mãe. O papai é capaz de torcer o seu pescoço!

Uma manhã de mau humor

No dia seguinte, fui para a escola mal-humorado. Também, na tarde anterior, quando estava saindo do quarto da Sílvia, dei uma topada com o dedão na porta. Doeu pra caramba, mas engoli o meu ai.

Eu pensava que realmente tinha entrado numa maré de azar. Como é que pode, não é mesmo? Nem tinha tanta coisa ruim assim acontecendo na minha vida, e eu falava em maré de azar.

Mas era isso mesmo o que eu achava. E sentia. Só não me pergunte por quê. Acho que todo mundo tem o direito, um dia, de ficar mal-humorado sem motivo. Sem motivo? Talvez poucos motivos, então.

Ah! Deixa pra lá. Enfim, foi bom ter ido à escola. Pelo menos consegui me distrair um pouco. Esqueci a Sílvia e a dor no meu dedão.

Quando estávamos no meio de um trabalho em grupo na aula de Geografia, já era a terceira aula, foi que o Júlio se lembrou:

— Puxa! Estava me esquecendo de avisar!

— Avisar o quê, Júlio? — perguntei.

— Hoje de manhã, quando eu vinha para a escola, escutei alguém chamar o meu nome: "Júlio-oooo!".

O Júlio era uma coisa. Precisava explicar tudo, em detalhes, senão não ficava satisfeito. Haja paciência! Ele continuou em seguida:

— Aí eu olhei para trás e vi o Américo correndo para me alcançar. Parei e fiquei esperando. Até tirei um sarrinho dizendo que ele estava ficando sem fôlego. Ele me perguntou de vocês e eu disse que já tinham ido na frente porque eu estava atrasado hoje.

— Sei. E aí? — perguntei, tentando fazer com que o Júlio parasse de enrolar tanto.

— Ele mandou um recado pra nós quatro.

— Que recado? — perguntei novamente.

— Pediu pra gente dar uma passadinha na casa dele depois da aula.

— Ah, é? — falou Lucas. — E pra quê?

— Bom, isso ele não disse.

— Será que ele quer marcar um joguinho de bola? Faz um tempo que não joga com a gente — lembrou Marcelo.

— Sei lá. E aí? — o Júlio cobrou uma posição nossa. — Vamos ou não vamos?

— Melhor à tarde — Lucas foi o primeiro a falar. — Minha mãe não gosta que eu me atrase pro almoço. Depois ela me faz lavar a louça... Já viu.

— É — concordei. — A gente pode ir à tarde mesmo, lá pelas duas.

Assim que deu o sinal para irmos embora, saímos da escola combinando que, se o Américo topasse, a gente poderia jogar bola no campinho mais tarde. Todo mundo achou uma boa ideia. Até o irmão do Lucas, da quarta série, que sempre voltava com a gente.

— O jogo é só para os grandes, Mateus — já foi avisando o irmão mais velho.

— Ah! — ele protestou. — O que é que tem? Eu jogo melhor que você!

O Lucas não deu muita bola para a opinião do Mateus e achou um jeito de encerrar o assunto:

— Em casa a gente conversa.

O Mateus fez uma cara contrariada, mas não falou mais nada.

Quando estávamos na rua de baixo da praça, vimos o seu Milton ajeitando uns papelões em cima do seu carrinho, lotado de coisas. A altura já ultrapassava a dele própria.

— Olha lá o seu Milton! — apontei.

— Esse cara é muito estranho... — começou Mateus.

— Estranho por quê? — perguntou Lucas, fazendo cara de pouco-caso.

— Já ouvi falar tanta coisa dele... Me dá até medo.

— E o que foi que você ouviu, Mateus? — perguntei, totalmente descrente sobre o que ele pudesse vir a falar.

— Ah... Dizem que é lobisomem...

— O quê?! — e caímos na risada.

— Como você é bobo, Mateus! — disse o Júlio, ainda rindo.

— Vocês não acreditam? Mas é verdade! Nunca repararam que ele some nas noites de Lua cheia?

Aí o irmão mais velho resolveu entrar em cena:

— Escuta aqui, Mateus. Quem é que andou enfiando essas asneiras nessa sua cabecinha de bagre? Você é tonto de ficar escutando os outros? É tonto, moleque?

— O pessoal da classe é que comenta.

— Bando de pirralhos! É isso o que eles são! — disse Lucas.

— Lobisomem... Rá! Rá! Rá! — e rimos mais um monte.

Mas não parou por aí. Uma hora um cutucava; em outra, um passava a mão na cabeça do Mateus, desmanchando o cabelo dele, chamando-o de criancinha. Tudo isso no meio de muita vaia e bagunça na rua. Até que ele resolveu ficar realmente bravo:

— Parem de encher!

Mas nós não paramos. Continuamos tirando o maior sarro. Só fomos parar quando ele se encheu de vez e, ao chegarmos ao quarteirão de casa, deu uma corrida na frente para se livrar logo de nós.

— Bobão! — gritamos.

— Cuidado com o lobisomem! — gritamos de novo.

— É! Cuidado! Olha ele aí atrás de você!

E mais risada. Essa tinha sido a grande piada do dia.

Mais tarde, às duas em ponto, nós quatro estávamos em frente à casa do Américo. Chamamos, chamamos e nada. Não tinha ninguém.

— Saíram — eu disse aos meus amigos, referindo-me ao Américo e à Madalena. — É melhor voltarmos mais tarde.

Mas, um instantinho depois de eu ter feito essa sugestão, escutamos alguém mexer na maçaneta. Barulho de chave sendo colocada na fechadura. Olhei para trás, pronto para dizer qualquer coisa do tipo: "Já estávamos indo embora, Américo, pensamos que você não estivesse aí...".

Mas o que eu disse não foi nada disso. Nem qualquer outra coisa, aliás. Fiquei mudo. Pelo menos no primeiro momento.

Um susto maior ainda

— Você?!

— O que é que você tá fazendo aí?

— O que *você* tá fazendo aqui, melhor dizendo.

— Eu fui convidado.

— Que coincidência! Eu também!

— Quem te convidou?

— Quem você acha? Se eu estou dentro da casa dele, ora essa!

— E desde quando você conhece o Américo?

— E desde quando você conhece o meu pai?

— O quê?!

Aí, um dos meninos entrou no meio da conversa. Eu estava tão atordoado que não me lembro direito se foi o Júlio, o Marcelo ou o Lucas. Um dos três falou o seguinte:

— Que conversa mais maluca é essa? Vocês dois já se conheciam?

Tive de explicar que ela era a menina que tinha entrado na frente da bicicleta no dia anterior.

— Eu entrei vírgula! Você é que veio voando pra cima de mim e quase me atropela!

— Que eu vim voando o quê! Sua maluca!

— Seu mal-educado! — e bateu a porta na cara de nós quatro.

Olhei para os meus amigos mais atordoado ainda. Eles também não estavam entendendo nada. Principalmente porque, até aquela hora, ninguém tinha dado muita atenção à única coisa realmente importante que ela nos havia dito.

Fomos caminhando devagar e sentamos na calçada em frente à minha casa. O Júlio falou:

— Eu não sabia que o Américo tinha uma filha. Ele não casou com a Madalena faz pouco tempo?

— Como você é tonto, Júlio! — falou Marcelo. — Ele já devia ter sido casado antes, isso sim.

— Tonto é você! Não vê que eu tô brincando? — zangou-se.

— E teve uma filha linda! — babou o Lucas.

Olhei para ele com cara de ódio. Em seguida, desabafei:

— Isso só pode ser gozação! Quer dizer que agora vamos ter de aturar aquela maluca sem educação como vizinha?

— Não achei ela sem educação — de novo o Lucas.

— Ô, Lucas! Você não viu o jeito com que ela me tratou, não?

— E eu vou lá saber o que você fez a ela, poxa!

Aí foi demais. Eu me levantei, indo para cima dele. O cara de pau ainda sentado, só olhando para o alto.

— Você não ouviu o que eu falei? Que ela atravessou a rua na frente da bicicleta?

O Marcelo se levantou também e pegou no meu braço, pedindo para eu ficar calmo. Não tinha cabimento a gente brigar agora por causa de uma pessoa que a gente nem sabia direito quem era.

Filha do Américo! Pode isso? E uma menina aparentando a nossa idade! Tinha a pele morena, os cabelos castanhos, os olhos claros iguais aos do Américo... Puxa! E nós quatro considerando o Américo como um avô! Que ridículo!

É que a ideia que fazíamos dele era uma coisa muito lógica para a gente. O Américo tinha entrado nas nossas vidas só depois de ter se casado com a Madalena e se mudado para a casa dela, havia pouco tempo. Não o conhecemos mais jovem e também nunca perguntamos como era a vida dele antes de se mudar para Girassol e conhecer a Madalena. Exceto sobre a questão do futebol, é claro. Era o único capítulo da vida dele que conhecíamos. Fora isso, era como se ele nunca tivesse sido criança, jovem... Como se, simplesmente, não tivesse existido.

Não é engraçado? A gente não para para pensar que pessoas mais velhas, como o Américo, por exemplo, já tiveram a nossa idade, já foram adolescentes, crianças, já passaram por coisas que nós também passamos... Nossa... É tão difícil de imaginar, não é?

Na verdade, a gente não sabia muita coisa sobre ele. Sabíamos que morava em Luzes antes de se aposentar (uma cidade a uns trinta quilômetros da nossa), era uns quinze anos mais velho que a Madalena (que calculávamos estar beirando os cinquenta) e também um ótimo goleiro. Absolutamente mais nada.

Coisas do passado descobertas de repente

No outro dia, depois da escola, estávamos na praça conversando quando o Américo apareceu. Chegou logo perguntando, sem rodeios:

— Vocês querem me explicar o que é que aconteceu ontem?

— Não aconteceu nada — respondi logo de cara.

— Foi o Miguel que quase atropelou sua filha.

Dei um chute na canela do Júlio. Ele reclamou:

— Ai, Miguel!

— A Gabriela me disse que vocês foram até lá e que um menino muito sem educação a chamou de maluca.

— Esse foi o Miguel.

— Você também quer calar a boca, Lucas?

Mas o Américo não deu bola para a nossa briguinha. Eu já estava ficando nervoso. Ele só me perguntou:

— O que é que houve, Miguel?

Respirei fundo e disse:

— O que houve, Américo, é que eu estava andando de bicicleta antes de ontem e a sua filha... Por que é que você não contou pra gente que tinha uma filha?

— Tenho duas.

— Duas?!

— Duas, Miguel. A Luana é quinze anos mais velha que a Gabi. Ela mora em Luzes, com o marido. Sabe, eu me casei tarde, tive as minhas filhas com mais de trinta anos... Agora é isso. Sou um pai-avô — e riu.

Eu não estava achando graça nenhuma. O Américo continuou:

— Eu me separei da mãe das meninas há muito tempo. A Gabriela ainda tinha seis anos.

— E como é que ela veio parar aqui só agora? — o Júlio perguntou. — É que já faz alguns meses que você tá morando aqui, não é mesmo?

— A Gabi sempre morou com a mãe, eu é que ia para Luzes visitar as minhas duas filhas. Mas, infelizmente, a Vilma, a mãe delas, faleceu na semana passada.

— Puxa... Você nem contou nada pra gente — o Lucas disse.

— A Vilma estava com um problema sério de saúde. Mas é claro que, mesmo sabendo disso, é muito difícil aceitar a morte de alguém de quem gostamos muito. A Luana e a Gabriela ficaram muito tristes. E eu também. Tive de ficar uns dias lá para resolver uma porção de coisas. Uma delas foi providenciar a mudança da Gabi para cá. Inclusive de escola. Não tinha cabimento ela continuar morando lá em Luzes com a irmã e o cunhado, por exemplo. Ela também preferiu assim.

Levei uma chamada do Lucas, que resolveu posar de bom-moço:

— Tá vendo, Miguel? Coitada da Gabi! — ele já estava chamando a filha do Américo de Gabi, na maior intimidade. — Justo quando ela mais precisa de amigos você fica brigando...

— Uma coisa não tem nada a ver com a outra — disse para o Lucas. Em seguida, olhei para o Américo: — Eu sinto muito pela mãe da sua filha, Américo, mas eu não briguei com ela. Foi ela quem brigou comigo.

Ele balançou a cabeça, discordando de mim.

— Foi um mal-entendido. Tenho certeza de que vocês vão ficar amigos. Vamos lá em casa, a Madalena está preparando um lanche delicioso pra nós.

— Legal! — o Lucas disse. Parece que ele tinha mesmo adorado aquela ideia. Ou estava querendo se aproximar mais da tal "Gabi"?

Mas até os meus amigos acabaram dizendo "Por mim, tudo bem". Aí, claro, faltava a minha resposta.

— Não sei não, Américo — fui sincero.

— Por que não sabe, Miguel? Você vai, sim, ora essa!

— Vou pensar.

Ele tentou me convencer:

— Você vai gostar muito da Gabriela, Miguel. Ela é um encanto de pessoa. Não seja preconceituoso. Se algum mal-entendido aconteceu, essa é a hora exata para desfazê-lo, certo? Vou ajudar a Madalena a pôr a mesa.

Dizendo isso, o Américo só deu um sorriso e foi embora. Na minha cabeça, muitas dúvidas, além daquela que dizia respeito a aceitar ou não o convite para lanchar na casa dele.

Eu não entendia por que precisava aparecer uma filha para o Américo justamente quando a nossa turma toda tinha ficado tão amiga dele. Minha impressão era de que as coisas iam mudar a partir dali. Uma sensação esquisita no peito, um pressentimento, uma intuição, sei lá. Senti uma insegurança tão grande de repente! Era como se a minha vida fosse ficar diferente e eu não soubesse explicar em quê.

Tempos depois, eu teria a certeza de que não era só um pressentimento. Muitas coisas iam mudar.

Café da tarde com barulho

— Sabe que o nosso bairro é um dos mais privilegiados da cidade? — o Américo disse para Gabriela, no meio daquele "animado" lanche. — A poucos quarteirões da nossa casa tem uma praça com uma árvore que é uma verdadeira lenda viva, você vai ver! — ele foi falando tudo de uma só vez, entusiasmado que só vendo.

Aliás, todo mundo ali parecia entusiasmado, menos eu. Só ia ouvindo quieto, saboreando meu lanche e de boca fechada. Nos dois sentidos.

— Verdade, pai? — ela se interessou.

— Ah! Mas você já deve tê-la visto no dia em que chegou. Quando foi dar aquela voltinha pelo bairro, lembra?

Ela deu uma rápida olhadinha para mim. Era como se completasse a fala do pai: "e quase fui atropelada...". Mas ela nem tocou nesse assunto. Só respondeu:

— Passei mesmo em frente à praça, mas não prestei atenção em nenhuma árvore em especial. Ela é tão bonita assim?

— E não? Pergunte pros meninos! Pergunte pra Madalena!

Gabriela olhou para a nova madrasta. Antes, passou os olhos por mim outra vez. Mas só passou.

Sabe de uma coisa? Eu tinha certeza de que ela não estava gostando nada, nada daquele nosso novo encontro. Para falar a verdade, nem eu. Só tinha ido mesmo por educação. Os meninos ficaram me falando um monte de coisas, que não era legal recusar um convite do Américo, que era muito importante isso para ele, uma vez que queria nos ver amigos da filha... iii... Foi mais ou menos por aí o discurso. Dava até para desconfiar de tanto interesse. Adivinhe quem encabeçava essa falação sem fim? Isso mesmo. O Lucas.

— Realmente, é uma praça muito bonita — a Madalena confirmou. — Um sossego, uma tranquilidade, Gabriela! Seu pai vive lá, ele adora. Sempre que pode dá uma escapadinha. Na hora em que eu vou ver, cadê o Américo? Pode contar que ele já foi à praça conversar com os seus amigos passarinhos.

Isso era verdade. O Américo gostava mesmo de passear pela nossa praça. Adorava ficar sentado nos antigos bancos de madeira que havia aqui, desconfortáveis como todo banco de jardim que eu conheço, escutando os passarinhos nas árvores, a criançada fazendo barulho em volta, os ruídos da cidade que já começava a crescer...

Deixei de viajar por um momento e voltei a prestar atenção à conversa. A Gabriela parecia ter feito uma pergunta. E para mim.

— E você, Miguel? É este o seu nome, não é?

Parecia, não. Ela realmente tinha feito uma pergunta. Mas eu não tinha nem escutado. Fiquei olhando para ela sem responder, tentando me sintonizar, acho que com cara de bobo.

Eu tinha certeza de que ela tinha dito a segunda frase só para me irritar. Como não sabia o meu nome? O Américo já tinha me chamado uma porção de vezes bem na frente dela! A Gabriela só podia ter feito de propósito! Só para desmerecer a minha presença ali.

— Não ouviu, não? — ela cobrou.

— Você falou comigo?

Ela fez um ar de quem tinha perdido a paciência. Mas eu não falei aquilo para provocar, não. Bem... Para falar a verdade, mais ou menos. Mas eu realmente estava distraído e não tinha ouvido a pergunta. Tinha algum crime nisso? Mas, para a Gabriela, acho que tinha, sim.

— Eu não disse, pai — e apontou para mim —, que esse menino é um grosso?

— Que é isso, filha!

— Eu não sou grosso! — fui me levantando.

— Pois parece! — ela se levantou também. Ficamos um encarando o outro.

— Lanche encerrado, Américo — eu disse sem desviar os olhos dela. — Eu sabia que não devia ter vindo!

— Ótimo!

— Que ótimo, nada, Gabi! — o Américo agora também tinha se levantado. — Senta aí para conversarmos melhor.

— Não sou obrigada a aturar esse tipo de coisa, pai!

— Pois não precisa aturar nada, que eu já estou de saída — retruquei.

— E já vai tarde!

Os meus amigos ficaram sentados, nem se mexeram. Aqueles olhos arregalados, sem saber se deviam sair junto comigo ou esperar pelo pudim para o qual a Madalena tinha feito tanta propaganda e prometido trazer logo para a mesa. Para mim, não tinha pudim nenhum. E eu saí.

— Calma, Gabriela — disse a Madalena, com

jeitinho. — Eu não sei o que está acontecendo com o Miguel. Pode ter a certeza de que ele não é assim. Conheço esses meninos desde bem pequenos. Todos são muito amigos do seu pai e...

— A Madalena tem razão — disse Lucas. — Todos nós somos muito amigos do seu pai. Esquece o Miguel, não fica triste por causa dele, não. Você pode sempre contar com a gente. Pelo menos, comigo — e abriu o maior sorriso-propaganda para ela.

Como foi que eu fiquei sabendo dessa conversa? Ah, isso foi depois, bem depois. O Júlio acabou me contando, achando que não estava certo uma coisa daquelas.

"Esquece o Miguel..." Poxa! Está certo isso? Seu melhor amigo dizer: "Esquece o Miguel"?

Mas, até lá, muitas coisas foram acontecendo. Primeiro, a Gabriela, que para o meu azar também estava na oitava série, foi matriculada na nossa classe. Segundo, ela logo fez amizade com as meninas e mais ainda com o Lucas. Eu via direto os dois conversando no intervalo, quando ele não estava com a gente. Mesmo eu não gostando, tudo bem, não falei nada. Terceiro, ela resolveu se meter em um dos meus planos. E aí, foi a gota d'água.

Notícia de última hora

Algum tempo depois, nós quatro estávamos conversando debaixo da ingazeira, quando chegou o Mateus e mais um colega da classe dele.

Ele estava voltando do campinho, com uma bola encardida debaixo do braço. Bom, ele próprio estava todo encardido, dos pés à cabeça.

— Oi, gente!

Respondemos ao cumprimento rapidamente e, logo em seguida, voltamos ao nosso assunto.

— Vocês sabem da última?

Fomos obrigados a parar de falar outra vez, meio contrariados de a toda hora o Mateus ficar nos interrompendo. Às vezes, ele vinha com umas histórias do nada, acho que só para chamar a nossa atenção. Sabe como é, menino mais novo na turma nunca deu muito certo.

O Lucas é que não tinha muita paciência e ficava bravo pra caramba:

— Que é que você quer, hein, Mateus? Não vê que estamos ocupados?

— Nossa, Lucas! Como você anda chato! — ele reclamou, fazendo uma careta. — Só queria perguntar se vocês sabem da última que o seu Antonio aprontou.

— Furou a bola de quem dessa vez? — o Júlio perguntou, sem dar muita importância ao caso.

— A sua pelo jeito não foi — o Marcelo concluiu em seguida, apontando com a cabeça para aquela que estava debaixo do braço do Mateus.

O menino olhou para a bola e depois para nós:

— Não! — ele balançou a cabeça repetidas vezes. — Não foi nada com bola, não. Dessa vez foi com a polícia.

— Polícia? — todos nós dissemos, boquiabertos.

— Que aconteceu? — agora o Lucas tinha se interessado pela história do irmão.

Então, ele contou:

— O seu Antonio chamou a polícia porque o seu Milton estava mexendo no lixo dele.

— Não acredito! — eu disse.

— Mas é verdade! Não é, Carlinhos? — Mateus voltou-se para o amigo.

— É, sim — o Carlinhos confirmou. — O João Vítor, da quarta C da tarde, viu quando a polícia chegou. Estavam o seu Milton, o seu Antonio e a polícia conversando.

— E quando é que foi isso? — perguntou Júlio.

— Hum... — o Carlinhos pensou um pouco. — Acho que foi na semana passada. Vocês não viram que ele deu uma sumida?

— É verdade. Mas será que foi por causa disso? — perguntei.

— Eu acho que foi por causa de outra coisa... — falou Mateus, com uma cara desconfiada.

— Não vai começar com bobagem de novo! — ordenou o irmão mais velho.

— Ah! Eu não vou falar mais nada com vocês, tá bom?

E, dizendo isso, saiu, bastante bravo, com o amigo. Ficamos calados durante um tempo. Bobos com aquela atitude do seu Antonio.

— E agora? — eu falei. — Isso é uma injustiça! O seu Milton não faz mal pra ninguém!

— Não mesmo! — concordou Lucas.

— Vocês se lembram de como a gente morria

de medo logo que ele apareceu por aqui? — o Júlio perguntou.

— É — o Marcelo confirmou. — A gente vinha brincar aqui na praça, aí, quando via ele chegando com aquele jeitão, andando devagar, com aquelas roupas todas meio esfarrapadas, ficávamos meio escondidos atrás da ingazeira até ele passar.

— Mas depois descobrimos que ele era boa gente — falei. — Só ficava nas ruas pegando as coisas, pondo no carrinho dele...

— E quando ele achava uma bola jogada por aí? — o Júlio lembrou mais uma vez. — Trazia pra nós.

— Acho que foi aí que perdemos o medo dele — falou Lucas.

— Gozado, né? O que será que ele pensava pra fazer isso?

— Sei lá, Júlio. Acho que queria agradar — deduzi. — Sempre via a gente na rua jogando bola...

Aí, o Júlio falou uma coisa que nos deixou superpreocupados, fazendo com que deixássemos todas aquelas recordações de lado:

— Será que o seu Milton foi preso?

Outras notícias

— Gente!

Era o Marcelo que, dois dias depois, vinha correndo nos encontrar na praça. Ficamos só olhando, esperando ele chegar mais perto.

— Vocês nem sabem!

— O que é, Marcelo? — perguntei, aflito. Também, ele falava de um jeito!

— A Juliana acabou de me falar que viu o seu Milton lá perto da casa dela.

A notícia deveria ser comemorada, uma vez que o seu Milton não estava preso como tínhamos imaginado. Mas a primeira coisa que o Marcelo escutou de mim foi:

— A Juliana, é?

Aí ele mudou o jeito. Na certa, percebeu o meu tom irônico. Ficou mais sério e disse:

— A Juliana, sim. O que é que tem, Miguel?

Eu não disse mais nada, mas podia apostar que o Marcelo andava de namoro com a Juliana. Desde aquele dia da voltinha de bicicleta, que não queria mais nem lembrar por causa do que aconteceu depois, é que eu estava desconfiado. Na época ele disse que não, que tinha sido só uma coincidência, etc. etc. etc. Sei... Agora, de novo a Juliana.

Mas o Júlio não deixou a conversa ir para esse lado e retomou o assunto principal: o seu Milton. Para mim, ele estava era com medo de que algo se voltasse contra ele: lembra a história dele com a Sílvia? Eu não tinha me esquecido, não! Eu podia apostar que era por causa disso.

Mas, deixei pra lá. Resolvi perguntar:

— E o que é que a gente faz agora?

— Não faz nada, se ele não tá preso... — disse Marcelo.

— Não! Não tô perguntando o que é que a gente faz por causa disso.

— E é por quê, então, Miguel? — o Lucas quis saber. — Não entendi.

Aí eu comecei a falar sobre uma ideia que tinha me passado pela cabeça:

— Poxa! A gente já não falou que o seu Milton não faz mal pra ninguém, que é um pobre coitado, que vive pelas ruas catando papelão e sei lá mais o quê?

— Falou — o Júlio respondeu.

— Então, por que é que a gente não dá um jeito de ajudar ele?

— Que jeito? — perguntou Marcelo, não fazendo a mínima ideia de como isso pudesse acontecer.

Aí, expus o que eu estava pensando, cheio de entusiasmo:

— O que vocês acham de fazermos uma vaquinha pra arrumar um dinheiro pra ele se manter?

— Legal! — escutei meus amigos dizerem. Pelo jeito também ficaram entusiasmados junto comigo. Fiquei superfeliz por isso.

Até que escutei:

— Nunca vi ideia mais boba!

A voz que vinha por trás de mim e que respondia à minha pergunta não era nem do Júlio, nem do Lucas, nem do Marcelo.

Essa tinha sido a gota d'água.

Aquela intrometida da Gabriela

— O que é que você tá fazendo aqui, Gabriela? — perguntei.

— Por acaso é proibido passar pela praça? — ela respondeu com a maior cara de cínica.

Eu também fiz uma cara de pouco-caso e falei:

— Passar pode, o que não pode é se intrometer nos meus assuntos!

— Calma aí, né, Miguel — pediu o defensor número um da Gabriela, o Lucas.

Ela aproveitou a deixa:

— Você é grosso mesmo, não? Como é que vai querer fazer uma vaquinha, falar com as pessoas, se não sabe nem conversar direito?!

Olha, se a Gabriela fosse um menino, nessa hora, juro que era muitíssimo provável que eu partisse pra cima dela! Ela estava merecendo! Era provocação atrás de provocação!

Mas, infelizmente, a Gabriela era uma menina. Pior, era filha do Américo. Ai, meu Deus!

— Escuta aqui, Gabriela. Quem você pensa que é? Mal chegou na cidade e já quer vir dando palpite em tudo?

— E você, que fica aí bancando o dono da verdade, não aceitando palpite de ninguém?

— Eu? Era só essa que me faltava!

— Não é melhor a gente voltar a falar sobre a vaquinha? — sugeriu Marcelo, tentando pôr fim àquela discussão.

Eu é que não queria saber de ficar falando sobre as minhas ideias com a Gabriela por perto. Aquela menina intrometida de nariz em pé! Vê se era eu que bancava o rei da verdade?

Então, eu disse:

— Com essa menina aqui não tem mais conversa nenhuma!

Eu parecia aqueles meninos turrões que só tiravam uma coisa da cabeça quando achavam que deveriam tirar. Que podiam morrer de pedir que não ia adiantar nada.

Nessa hora, a Gabriela abriu a boca para me responder. E eu fiquei na minha, esperando. Ela que falasse o que bem entendesse, porque na certa eu teria uma resposta bem boa e que ela merecesse ouvir.

Só que, no instante seguinte, ela fechou a boca. Parece que se arrependeu de querer falar. Apresentou um comportamento muito esquisito de repente. O rosto dela, que antes demonstrava um jeito furioso, agora tinha tomado um ar sério. Não sei se triste, decepcionado. Mas sério estava.

Entretanto, eu não sabia aonde ela queria chegar e, por isso, continuei esperando pela bomba. Por que ela não me xingava logo de uma vez? Por que não me dizia um monte, ia embora e nos deixava em paz?

— Vai ficar parada aí me olhando até quando? — zombei.

Então, finalmente ela resolveu responder:

— Além de mandão, você é muito egoísta. Só pensa em você mesmo e nas suas ideias. Ninguém nunca pode falar nada, não é mesmo? Só você é que tá certo. Quer saber? Eu sinto pena de você!

— Ô, menina! Eu não sou assim, não, tá sabendo?

Mas ela nem estava mais virada de frente para mim. Acabando de dizer aquelas palavras, deu as costas para nós, toda cheia de orgulho e uma metidez sem tamanho. E foi embora. O defensor número um correu atrás:

— Espere aí, Gabriela! Eu vou com você!

Fiquei morrendo de raiva! Por isso gritei, fazendo-me ouvir a qualquer custo:

— Perdi a amizade, viu, Lucas?

Ele nem ligou. Não virou para trás, não disse tchau, não me mandou plantar batatas. Para ele, a nossa amizade e nada era a mesma coisa. E foi isso o que mais me doeu.

Muito chateado mesmo!

Não me lembrava de ter brigado desse jeito com algum dos meus amigos. Não a ponto de ter falado em perder a amizade e tal. Acho que era mesmo a primeira vez.

Eu tinha a certeza absoluta de que ele e a Gabriela estavam namorando. Se antes eu desconfiava, agora não dava para ficar só na desconfiança. Ele realmente estava abandonando a turma por causa de uma menina. Uma amizade de tantos anos! E eu não entendia isso, por que é que tinha que ser desse jeito, por que de repente as coisas tinham que mudar, deixar de ser como tinham sido a nossa vida inteira. Eu não queria mudar, eu não queria mudanças.

No dia seguinte, na escola, durante uma troca de professores, o Júlio me chamou de lado.

— Acho que eu tenho que te contar uma coisa.

— O quê?

— Bom...

— Fala logo, Júlio! Não enrola! — já fui dizendo, porque senão ele ia começar a contar uma história primeiro, dar uma volta de não sei quantos quilômetros e só então chegar aonde tinha que chegar.

Eu pedi, ele fez:

— O Lucas tá a fim da Gabriela desde o dia em que ela chegou.

Grande novidade!

— Isso você nem precisava me dizer.

— Mas não é só isso...

Só podia ter mais coisa mesmo. Quando é que o Júlio ia contar uma história até o fim sem ficar dando voltinhas?

— Então, fala.

— Quando você e a Gabriela brigaram, naquele dia do lanche lá na casa do Américo...

Já tinha bastante tempo isso. O Júlio fazia uma cara de quem não sabia se deveria contar ou não. Ou então estava escolhendo melhor as palavras.

— Como é que é, Júlio? Vai falar ou não? Que é que tem aquele dia?

Aí, finalmente ele me contou tudo, o derretimento do Lucas pela filha do Américo e principalmente o tal do "Esquece o Miguel, Gabriela...".

— Um traidor, isso é o que ele é — foi a minha reação, depois de ter escutado tudo. — Desde aquela época. Eu é que muito tonto não percebia. Quer saber, Júlio? Eu quero que os dois se danem!

— Desculpa, Miguel. Mas eu achei que devia te contar. Não achei certo aquilo que ele fez ontem.

— Tá tudo bem, Júlio. Eu não quero mais falar sobre isso. Já disse. Eles que se danem.

O sinal do intervalo tocou. Vi o Lucas saindo com a Gabriela e outras meninas da classe. Antes, ele falou qualquer coisa para o Marcelo, mas não esperou nem por ele, nem pelo Júlio. Foi mesmo com a Gabriela. Cretino...

Fiquei com o Marcelo o intervalo todo. O Júlio parece que também tinha resolvido dar uma sumida. Acho que ele ficou chateado em me contar tudo aquilo. Não queria me magoar, não queria bancar o dedo-duro, mas não estava achando certo o modo como o Lucas vinha se comportando.

Para ser sincero, eu gostei da atitude do Júlio. Ele pesou o que realmente era correto, no entendimento dele, e tomou uma posição. Mesmo que mais tarde o Lucas viesse a saber e não gostasse. Às vezes, a gente se vê em cada situação, tendo de escolher que decisão tomar, não querendo tomar decisão nenhuma... Não é fácil.

Deixei o Marcelo comprando um refrigerante na cantina e saí. Muita gente por lá. Eu estava com vontade de dar uma volta sozinho, de pensar, pelo menos nos poucos minutos que restavam antes de dar o sinal de novo. Estava angustiado, sentindo um vazio por dentro, como se alguma coisa tivesse se quebrado e não tivesse jeito de consertar.

Fui para a quadra. Queria me sentar debaixo de uma das árvores que existiam ao redor dela, longe do tumulto do pátio. Achei que ia ter um minuto de sossego, um minuto de paz. Achei que ia poder respirar mais aliviado.

Mas só achei. Quando vi aquela cena, você nem imagina. Meu coração disparou na mesma hora, quase fico sem ar. Eu não acreditava que estivesse acontecendo uma coisa daquelas! Não era possível!

Então não era só uma desconfiança minha, era a mais pura verdade! Agora eu sabia. Eles estavam mesmo namorando!

Que cretino! Depois, vem dizer que é meu amigo, et cetera e tal. Pensei em chegar perto e acabar com tudo! Vê se pode! Os dois na arquibancada no maior beijo na boca!

E eu? Deveria fazer o quê? Isso eu não sabia. Fui pego de surpresa, totalmente desprevenido.

Mas eu tinha vontade de fazer muitas coisas. Uma delas era torcer o pescoço daqueles dois, sem dó nem piedade. Fazer picadinho deles. Do Júlio e da Sílvia.

Calar ou botar a boca no trombone?

Essa era a minha dúvida. Exatamente essa. De repente, quando voltei para a classe, perdi totalmente a coragem de chegar no Júlio e partir para a cobrança, perguntar quem ele pensava que era, que eu já tinha avisado para ficar longe da minha irmã...

Acho que aquela minha briga com o Lucas tinha me deixado meio balançado. Será que eu tinha ficado meio mole de repente?

Só sei que, em vez de partir para o ataque, como era de esperar, sentei no meu lugar e fiquei pensando: o que fazer?

Aí, ele veio me perguntar, já que notou que a minha cara não era das melhores:

— Tá tudo bem, Miguel?

Cara de pau. Se ele pudesse ler os meus pensamentos... Mas só respondi:

— Tá, Júlio.

— Olha, você sabe que eu sou seu amigo. Que você pode contar comigo para o que der e vier. Se quiser, eu falo com o Lucas e...

— Deixa, Júlio. Eu não quero que você vá falar com o Lucas.

— Tá certo. Você é quem sabe.

Olhei bem para ele. Encarei mesmo. Precisava ver se ele estava querendo me fazer de otário. Não estava. Deu pra sentir que o Júlio falava com sinceridade quando dizia que era meu amigo. Foi aí que eu fiquei mais em dúvida ainda. Como brigar com um cara que estava ali do meu lado querendo me ajudar? Caramba!

Então, depois disso, resolvi que não ia falar nada até pensar um pouco melhor. Eu precisava esfriar a cabeça para não misturar as coisas.

Por isso fui embora sozinho, pelo caminho mais longo, rezando para não encontrar com ninguém conhecido. Não estava a fim de conversar. Nem um pouco.

Fui andando devagar, vendo o movimento das pessoas, dos carros, da própria cidade que estava se modificando, crescendo junto com a gente.

Eu ainda não entendia por que crescer implicava tantas mudanças. Por que a gente tinha de mudar uns com os outros, por que não poderia ficar sempre do jeito que já estávamos tão acostumados a ser? As mesmas amizades, as mesmas brincadeiras, tudo igual. Será que as pessoas mudavam tanto assim? Os próprios sentimentos mudavam? As amizades? Que droga!

Minha reza não devia estar muito boa, pois quando passava pela praça vi o Américo sentado em um dos bancos. Quando percebi que era ele, dei a volta rapidinho. Não queria que ele me visse. Não adiantou.

— Miguel!

O danado do Américo enxergava bem pra caramba e me conhecia até de costas. Eu não ia bancar o mal-educado. Virei de frente para ele e, quando vi, ele já estava quase do meu lado.

— Miguel! Pra onde você estava indo?

— Como assim? Eu estava indo pra casa, ora essa!

— E a sua casa fica para aquele lado por acaso? — ele apontou na direção em que eu me virei quando dei de cara com ele. — Você está fugindo de mim?

— Eu? É claro que não!

Fiz cara de santo, mas acho que o Américo não engoliu. Também não falou nada, já foi me puxando pelo braço e me pedindo para sentar um pouquinho lá no banco com ele.

— Ah, não, Américo! Eu vou chegar atrasado para o almoço.

— Quero falar com você cinco minutos.

Como agir naquela hora? Eu deveria fugir? Fazer de conta que não tinha nem reparado naqueles olhos azuis que transbordavam preocupação?

Resolvi ceder:

— Cinco minutos, Américo.

Fomos até o banco. Ele se sentou, depois eu.

— Não me conformo, Miguel — ele balançava a cabeça de um lado para outro, as mãos apoiadas sobre as pernas. — Se tem uma coisa que eu acho bonita nesta vida é a amizade de vocês quatro. Nunca pensei que eu pudesse causar uma briga desse tipo entre vocês.

— Você causar? — estranhei. — De onde tirou isso, Américo?

— A Gabriela me contou que vocês dois brigaram de novo, o Lucas entrou no meio e você e ele perderam a amizade. O que é que está acontecendo, hein, Miguel?

— Isso não tem nada a ver com você.

— Como não? A Gabriela é minha filha!

— E daí? Que culpa você tem que a gente não se entendeu?

— Mas isso é outra coisa com que eu também não me conformo! Está certo que eu não convivi com a Gabriela tão de perto, era mais a mãe dela, mas ela sempre se deu bem com todo mundo, apesar de ser assim, meio geniosa, às vezes...

— Meio? Sei.

— Ela se parece muito com você, Miguel.

— O quê?!

— Você também tem hora que é assim, genioso, teimoso, acha que só você está certo...

— Ô, Américo! Assim você tá me ofendendo!

— Eu não estou te ofendendo não, Miguel. Acabei de dizer que às vezes a minha filha é assim também, ora essa!

— Eu não sou igual à Gabriela, Américo!

— Tá bom. Esquece isso que eu falei. Não importa como vocês sejam. Olha, eu não vou sossegar enquanto você e o Lucas não fizerem as pazes.

— Isso é uma coisa sobre a qual você não pode fazer nada, Américo. Essa história com o Lucas somente nós dois podemos resolver. Se é que vamos resolver...

— Mas é claro que vão! Está na hora de vocês aprenderem a resolver as coisas. Não podem ficar assim brigados para sempre — ele fez um minutinho de silêncio e depois concluiu: — Mas num ponto você está certo, Miguel. Eu não tenho nada que me meter mesmo. Vocês três é que vão ter de resolver esse problema. Concordo com você.

— Que três, Américo?

— Ora! Você, o Lucas e a Gabriela! Quem mais?

Fiz uma cara de emburrado. Eu não queria resolver nada com a Gabriela. O que é que ela tinha que ver com a minha vida?

O Américo não gostou e já foi dando ordem:

— Desmancha essa cara, Miguel. Alguma coisa me diz que você e a Gabriela ainda vão se dar muito bem.

— Duvido!

Nada resolvido, tudo na mesma

Dois dias depois, no intervalo das aulas, estava eu saindo do banheiro quando encontrei o Tavinho. Ele chegou rodeando, rodeando, um papo meio furado, perguntando "E aí?", "Tudo bem?". Eu só fui respondendo.

Até que ele chegou aonde queria chegar:

— Posso te falar uma coisa?

Que remédio?

— Pode.

— Eu acho que você não devia brigar com o Lucas por causa da Gabriela. Ela é bonitinha e tudo, mas não é a única menina da escola.

Eu não estava acreditando numa conversa daquelas!

— O que foi que você disse?

— Ué! Isso mesmo que você ouviu: que tem outras meninas na escola.

— Tavinho — eu me segurei —, escute uma coisa: você tá completamente enganado se pensa que a minha briga com o Lucas foi porque eu tava a fim da Gabriela. Era só essa que me faltava!

— E não foi? Vocês pararam de andar juntos, aí a Gabriela é que tomou o seu lugar...

— Que tomou o meu lugar o quê, Tavinho! Ninguém tomou o lugar de ninguém! Como você é bobo! Eu mal conheço a Gabriela se você quer mesmo saber. E também não me interessa nada que se passe com essa menina. Eu só sou amigo do pai dela, mais nada. Nem falo com ela, nem conheço ela direito! O meu problema com o Lucas é outra coisa.

— Bom, se você tá dizendo... — e foi encolhendo os ombros. Uma cara cínica.

Resolvi tirar a limpo:

— Olha aqui, Tavinho, não tô gostando nada, nada desse seu jeito.

— Que jeito?

— Jeito de superior. Jeito de quem não acreditou em uma palavra do que eu disse, mas fica aí, fingindo que acredita.

Ele desconversou:

— Ih, Miguel, acho que você tá meio paranoico, sabia? Você não é o sabe-tudo. Eu só falei o que eu tava pensando. E você não confirmou, sinal de que eu tava errado. Só isso. Esquece.

Muito estranho esse Tavinho. Depois de todo aquele papo-furado agora dava uma de bonzinho, querendo dizer que tinha se enganado. Tá bom... Eu só esperava que dali para frente ele não resolvesse ficar me infernizando a vida com aquela historinha ridícula.

Até parece que era por causa da Gabriela que eu e o Lucas tínhamos brigado! Até parece! Bom, quer dizer, o motivo até foi ela, sim, mas não por causa daquilo que ele estava pensando.

Quando acabaram as aulas, fui para casa junto com o Júlio, o Marcelo e o Mateus. Não vi o Lucas sair e, pelo jeito, nem o próprio irmão dele viu, mas podia apostar que ele estava com a Gabriela.

Finalmente, voltamos a falar sobre a vaquinha. Com ou sem o Lucas, tínhamos o firme propósito de querer ajudar o seu Milton.

Fomos conversando durante todo o caminho.

— Eu topo — falou Júlio. — Mas acho que vou ter que pedir pra minha mãe. Já gastei toda a mesada deste mês.

— E eu, que nem mesada tenho? — falou Mateus.

— Na sua idade eu também não tinha.

— Ih, Júlio! — o Mateus reclamou. — Tá parecendo o Lucas!

— Eu? Eu, não! Só tô dizendo a verdade!

Depois de uma pausa, o Marcelo falou, meio sem graça:

— Eu tô igualzinho ao Júlio. Zero de dinheiro.

— Então, como é que vai ser? — perguntei, preocupado.

— Nós vamos mesmo ter de falar com os nossos pais e pedir dinheiro. Só tem esse jeito — o Júlio falou.

— Isso! — o Mateus disse. — É uma boa oportunidade pra minha mãe começar a me dar mesada. Legal!

Não dei muita bola para o entusiasmo do Mateus e já fui decidindo:

— Vamos falar com o Américo também. Ele vai querer nos ajudar — depois de uma pausa, completei: — Só tem uma coisinha...

— O quê? — Marcelo perguntou.

— Saber a hora em que a Gabriela não vai estar lá, é lógico.

— Aí vai ser mais difícil, né, Miguel? — disse o Júlio.

Mas eu respondi, muito certo do meu propósito:

— Ou é assim, ou não tem conversa com o Américo.

Reunião na casa do Américo

À tarde, ficamos à espreita durante um bom tempo ali pela rua, numa esquina e na outra, e foi só quando vimos a Gabriela sair de casa que nos dirigimos até lá para conversar com o Américo.

Ele abriu a porta.

— Viemos falar com você.

— Entrem, entrem. Mas, que pena! A Gabriela acabou de sair pra ir à casa de uma amiga — o Américo nos informou. Quer dizer, pensou que tinha nos informado.

Olhei para os meus amigos com o canto dos olhos. "Nossa, que pena..."

— E aí? Tudo bem com vocês? — ele perguntou — Cadê o Lucas?

Nem respondi. Depois, o Américo falava que tinha memória boa!

Já fui logo dizendo:

— Precisamos da sua ajuda, Américo.

— E o que é?

— Sabe o seu Milton? — perguntei. — A gente queria ajudá-lo, coitado.

— E ajudar como?

— O Miguel pensou de a gente fazer uma vaquinha. Juntar um dinheirinho e dar pra ele — o Júlio contou.

— Sabia que aquele desalmado do seu Antonio chamou até a polícia, Américo?

— Verdade, Marcelo?

— Verdade, sim. O irmão do Lucas que veio contar pra gente.

— É, Américo. O pobre coitado não faz mal a ninguém e ainda por cima colocam a polícia atrás dele! Que injustiça!

— Mas, Miguel — o Américo começou com jeito, parecia até que media as palavras —, você acha que fazer uma vaquinha como vocês estão querendo vai mesmo resolver o problema do seu Milton?

— Ué! E dinheiro não resolve, não?

— Temporariamente, Júlio. Mas só temporariamente.

Fiquei confuso de repente. O que é que tinha se fosse só temporariamente? Já não seria bom? Então, não tinha nada que pudesse ser feito?

Logo percebi que o Américo já tinha voltado a falar:

— Sabe, pessoal, talvez o que o seu Milton e outras pessoas como ele estejam mesmo precisando é de um outro tipo de ajuda.

— Como assim? — o Marcelo perguntou.

— Bem, eu me lembro que, lá em Luzes, quando a cidade começou a crescer e com isso os empregos foram aumentando, todos os dias iam descendo pessoas e mais pessoas na estação do trem, em busca de outros meios de sobrevivência. Aí, vocês sabem o que aconteceu?

Fizemos não com a cabeça. Ninguém tinha a mínima ideia. O Américo nos contou:

— A prefeitura criou um projeto para amparar essas pessoas. Mas não só no sentido de proporcionar um local para elas passarem a noite ou terem o que comer, coisas que também foram providenciadas. Havia mesmo um incentivo para que elas pudessem encontrar um objetivo na vida.

— Explica melhor, Américo — eu sugeri. Essa história não estava muito clara para mim.

— Algumas pessoas que migravam de uma cidade para outra, quer dizer, que se mudavam da sua cidade de origem, muitas vezes tinham como objetivo trabalhar, constituir moradia, essas coisas. Como eu, por exemplo. Vim para cá porque me casei com a Madalena. Antes eu vinha sempre passear e num desses belos passeios encontrei o amor da minha vida! Vocês não acham isso muito romântico?

— Muito — eu disse, mais para querer ser gentil.

— Mas todas as pessoas têm um objetivo, não têm? — perguntou Marcelo, retomando o assunto.

— Nem sempre. Às vezes acontece de simplesmente passarem de cidade em cidade, sem um destino certo, já que não têm ninguém da família para lhes dar um apoio. Muitas vezes ficam tão sem perspectivas que acabam ou mendigando ou morando na rua. O projeto de que eu falei era voltado para essas pessoas, para fazer com que elas mudassem o modo de pensar, para que encontrassem novamente a família, tentassem buscar uma vida melhor perto de onde estavam os parentes e não partindo de cidade em cidade. Acho que era mais ou menos isso.

— Mas o seu Milton mora aqui na cidade faz tempo! — o Marcelo disse.

— Mas ele mora na rua, pelo que eu sei — falou Américo. — E vocês sabem o que é que aconteceu com ele, com a família?

Olhamos um para a cara do outro.

— Não — respondemos.

— Ele nunca falou. Só sabemos o nome dele porque perguntamos uma vez — eu disse.

— Foi a primeira vez que ele trouxe uma bola pra gente — o Júlio lembrou.

— Bola? — o Américo perguntou. — Que bola?

— Ah, Américo. Deixa pra lá — pedi. — Mas aonde é que você quer chegar?

— Que talvez o seu Milton esteja precisando desse tipo de ajuda.

— Mas o que é que a gente faz, então? — perguntei.

O Américo se levantou, deu algumas voltinhas pela sala e depois nos fez uma proposta:

— Que tal irmos conversar com um amigo meu que trabalha na prefeitura de Luzes? Ele está por dentro de todo o projeto e pode falar muito mais coisas do que eu.

— Passear em Luzes? Que legal, pai!

Pai. Nesta altura, você já deve imaginar quem é que tinha se intrometido de novo nos meus assuntos. Tinha entrado na casa sem que a gente nem percebesse, já que estávamos todos conversando na cozinha, comendo um bolo delicioso que a Madalena tinha feito.

— Eu também quero ir, Gabi!

Essa fala aí acho que você não vai imaginar de quem foi, não. Aliás, nem eu imaginava! Veja só a resposta da Gabriela:

— Claro, Sílvia!

As duas estavam no maior entusiasmo. Parecia que o convite tinha sido feito exatamente para elas. Na medida.

E eu, que nem tinha prestado atenção, nesse tempo todo, que as duas já tinham se tornado amigas? Dali a pouco, a Gabriela não ia mais sair da minha casa.

Era incrível, não era? Eu só pensava: quando é que isso vai ter fim?

Uma viagem nem tão conturbada assim

O Américo tinha telefonado para o amigo dele e avisado que a gente ia visitá-lo no final de semana. E, assim, fomos todos para Luzes no domingo. E de ônibus. Também, era um monte de gente que queria ir! De carro é que não ia dar.

Eu nem pensei em falar que não queria que a Gabriela fosse e coisa e tal. Decidi não levar essa questão para o lado pessoal e ter um único propósito em mente: ajudar o seu Milton. Pelo menos, procurar saber o que tinha sido feito na nossa cidade vizinha.

A Madalena é que parecia estar adorando. Ela, que nunca tinha tido filhos, agora saía com vários adolescentes. Tinha feito uma porção de coisas para levar à casa do seu Manoel, o amigo do Américo. Era sobremesa, uns pãezinhos para o café da tarde, uns bolinhos... Eu não achava que ia dar tempo de comer tudo aquilo.

Fomos eu, o Júlio, o Marcelo, o Lucas, a Gabriela, a Sílvia, a Madalena e o Américo.

Ah! Eu não falei, não? A Gabriela convidou o Lucas também. Isso deve ter sido coisa do pai dela, que queria reaproximar todo mundo. Que beleza! Ele pensava que eu era bobo, é?

Fiquei prestando bastante atenção no Júlio e na Sílvia. Até que eles tinham se comportado bem. Nem se sentaram juntos no ônibus! O Júlio se sentou com o Lucas e a Gabriela dividiu o banco com a minha irmã. Era como se nada acontecesse entre eles. Nadinha. Como é que eles conseguiam ser tão fingidos? Eu pensava: "qualquer dia desses eu pego os dois de jeito!".

O Manoel era assistente social na prefeitura de Luzes e nos contou uma porção de coisas. Puxa, achei o trabalho dele muito legal!

Ele nos contou que a prefeitura construiu um albergue para ajudar os desabrigados. E que o mais importante de tudo era que isso estava dentro de um projeto chamado Projeto de Reinserção Social. Que nome difícil, não é mesmo? Mas ele nos explicou tudo:

— O objetivo é propor um endereço aos moradores de rua que vivem no município há algum tempo.

— Como é o caso do seu Milton — disse o Lucas.

Só olhei para ele com o canto dos olhos, mas não disse nada. Ainda não era dessa vez que a gente ia fazer as pazes e voltar a se falar. Aliás, eu achava o Lucas um tremendo cara de pau. Se eu tivesse brigado com um amigo, eu não ia chegando e já me metendo nas ideias dele como se nada tivesse acontecido. Vai ver ele fazia isso pra dar uma de bom, fazer uma média para cima da Gabriela. Só podia.

— O amigo de vocês, não é? — o Manoel quis confirmar. O Américo já tinha lhe falado a respeito, por telefone.

— É, sim — respondi. — Faz tempo que ele vive na cidade.

— Bem — seu Manoel continuou —, o objetivo do projeto é fazer com que esses moradores deixem de viver à margem da sociedade e se tornem cidadãos de verdade. Muitos deles nem possuem documentos! Como é que vão trabalhar, se não têm nada? A documentação é o primeiro passo para a pessoa ser considerada cidadã, não é verdade? Então, começamos por aí. Vamos até o cartório da cidade em que foram registrados e fazemos uma pesquisa geral.

— Mas como é esse negócio de endereço que você falou? Eles ficam morando no albergue? É isso? — perguntei.

— Algumas pessoas, sim, por um certo tempo, até que consigam emprego, consigam se reestruturar, ter a própria moradia... Às vezes até se casam e constituem família.

— Puxa! E saber que antes disso eles ficavam por aí pedindo esmolas...

— Não, Gabriela — o amigo do Américo discordou, fazendo um gesto com a cabeça. — O morador de rua geralmente não pede esmolas. Ele faz algum tipo de trabalho para poder sobreviver. Ele se relaciona com a comunidade, todo mundo o conhece... É diferente do mendicante, que não tem ânimo para mais nada nem noção de tempo e espaço. Ele fica alheio a tudo e não consegue ter atitude alguma, nem mesmo para comer. Se alguém lhe der comida, ele come; caso contrário, não. Com essas pessoas é ainda mais difícil o nosso trabalho.

— Ah... — murmurou Gabriela.

— Nunca vi o seu Milton pedindo esmolas — eu disse.

— Nem eu — o Marcelo confirmou.

— É porque o seu Milton não é um mendicante e, sim, um morador de rua — falou Américo. — Eu não estou certo, Manoel?

— Está, sim. É isso mesmo.

— Mas, e se a pessoa só está de passagem pela cidade? — o Júlio quis saber. — O Américo falou que tem gente que só vai passando, passando...

— É, isso acontece também. São os itinerantes. Ficam um dia aqui, um dia ali, e assim por diante. Esse caso é tratado de uma forma diferente. Se essas pessoas procuram ajuda no albergue, a primeira coisa que fazemos é uma investigação sobre a vida delas. Onde é que elas têm família, o que pretendem na cidade... Se alguma delas precisa de cuidados médicos, é levada ao hospital, mas, se tiver de fazer algum tipo de tratamento, é na cidade de origem que vai fazer. Nós temos de exigir os nossos direitos na cidade em que pagamos impostos e elegemos nossos representantes.

— Isso mesmo, Manoel — disse Américo, balançando a cabeça para frente e para trás.

— O que procuramos mostrar à pessoa é que é mais fácil ela se fixar onde tiver parentes — o seu Manoel continuou. — É lá que ela vai conseguir maior apoio. A base de todo o nosso projeto é a família. Se a pessoa não tem vínculos, não tem ninguém no mundo, é muito difícil fazer com que tenha algum objetivo na vida. São essas pessoas que mais apresentam dificuldade de se reintegrar na sociedade. Muitos se perdem da família, aí fica difícil reencontrar algum parente. Mas nós tentamos, ajudamos a procurar, fazemos o que for possível.

— Que trabalho difícil... — Madalena pensou alto.

— Será que o seu Milton tem algum parente em Girassol? — perguntou Lucas.

— Acho que não... — falei. Justo para quem. Mas na hora que eu vi, já tinha falado.

Dei uma olhadinha para o Lucas, ele também fez o mesmo. Ficou uma situação esquisita, que só acabou quando o seu Manoel voltou a dar mais algumas explicações sobre o projeto. Eu senti um alívio, porque foi isso que desmanchou aquele clima.

Novas ideias começam a surgir

Assim que chegamos a Girassol, fomos todos para a casa do Américo a fim de fazermos uma pequena reunião. Começou com o Américo falando:

— Bom, agora que já sabemos tudo o que foi feito em Luzes, podemos começar a pensar em alguma coisa a respeito, não acham?

Balancei a cabeça em sinal de afirmativo e disse:

— É pra isso que estamos aqui.

— E em que vocês estão pensando? — o Américo perguntou outra vez.

Ficamos em silêncio durante alguns segundos. Olhei para cada uma das pessoas ali e fiquei esperando para ver se alguma delas ia falar primeiro. Ninguém falou. Estavam todos com cara de interrogação.

Eu tinha tido uma ideia, sim. Tinha passado pela minha cabeça quando estávamos voltando de ônibus. Vim quieto o tempo todo, pensativo. O Marcelo até estranhou a minha mudez. Mas eu precisava dela.

Se fosse em outras circunstâncias, eu já teria chegado e falado tudo de uma vez. Pensando melhor, já teria falado tudo no ônibus mesmo. Mas agora era diferente. Tinha a Gabriela ali para ficar me censurando, o Lucas a defendendo e querendo o tempo todo se exibir.

Eu queria falar, sim, mas estava ficando com medo de acabar levando uma vaia da torcida. Igual aquela quando a gente vai para o futebol e faz algum passe errado no campo, sabe?

Pois é. Só que eu já tinha pensado durante toda a viagem, como falei, e não conseguia achar que era uma ideia ruim. Não. A menos que alguém falasse outra no lugar. Ou ainda melhorasse a minha, que fosse. Eu não ia achar ruim. Mas, na minha cabeça, estava tudo certo.

Então, como saber a opinião dos outros se eu não falasse? O jeito era arriscar:

— Eu pensei numa coisa.

— Ah, é? — disse Américo. — Então, fala, Miguel.

— Vocês se lembram quando o seu Antonio chamou a polícia porque a gente estava fazendo muito barulho com os carrinhos de rolemã? — perguntei, olhando para o Júlio, o Marcelo e o Lucas. Aquela era uma história antiga.

— O quê? Então, o seu Antonio já tinha chamado a polícia antes? — perguntou a Gabriela.

— Já — eu respondi. — Faz tempo.

— Ah, mas eu também me lembro bem! — disse a Madalena. — Foi uma choradeira só aqui na rua.

— O Miguel ficou chorando uma semana! — dedurou minha irmã.

O Américo ficava passando os olhos em um e em outro e ninguém para lhe esclarecer. Foi preciso ele pedir:

— Vocês querem fazer o favor de me contar logo o que foi que aconteceu com os carrinhos de rolemã?

— Eu conto — falei. — Teve uma época que a gente se reunia todos os dias depois do almoço pra andar de carrinho de rolemã. O meu carrinho não era bem um carrinho. Era uma lambretinha velha que eu tinha desde quando era bem pequeno e que eu fui, aos poucos, reformando e incrementando. Ficou um espetáculo! Dava um cavalo de pau que era uma beleza! Pois bem. A nossa rua tem uma descida boa pra isso, e a gente mandava ver.

— Mas o seu Antonio não gostava nem um pouco — a Madalena lembrou muito bem lembrado.

— Foi quando ele ligou para a polícia? — adivinhou o Américo.

— Isso mesmo — continuei. — Vimos a polícia chegando e parando ali perto de nós. Os policiais foram descendo do camburão. Levamos um baita susto, nem me lembro de tudo que passou pela minha cabeça naqueles poucos segundos. Acho que nessa hora o que cada um de nós pensou foi: "Que é que nós fizemos de errado?". Os policiais abriram aquela porta enorme que parecia querer nos engolir, pegaram todos os nossos carrinhos de rolemã e jogaram lá dentro, inclusive a minha lambretinha. E levaram embora. Fiquei louco de raiva. Mas põe louco nisso! Uma injustiça! Perdi a lambretinha que eu tinha havia um tempão e que tinha gasto mais tempo ainda reformando! Eu não me conformava. De jeito nenhum! Havia um valor sentimental pra mim, não era só por causa das brincadeiras nem dos cavalos de pau.

Aí, dei uma parada. Eu estava bastante inflamado relembrando tudo aquilo. Quando eu disse a última frase já tinha voltado ao normal:

— Depois descobrimos que foi o seu Antonio que tinha falado da gente pra polícia.

— Nossa... — a Gabriela deixou escapar.

Olhei para ela, quase nos olhos. Não consegui totalmente, desviei logo. Mas deu para perceber que ela não estava sendo irônica. Parecia até sensibilizada com a nossa dor. Talvez mais com a minha, por causa da história da lambretinha.

Então continuei, enquanto todos ainda se mantinham em silêncio:

— Vocês estão lembrados do que queríamos fazer com o seu Antonio?

O Júlio fez uma careta, o Marcelo franziu as sobrancelhas. Claro, já fazia alguns anos isso.

Não demorou muito, o Lucas falou:

— Eu lembro.

Todos olharam para ele.

— Um abaixo-assinado.

— É verdade! — o Júlio e o Marcelo disseram quase juntos. Agora também se lembraram.

— Um abaixo-assinado? — perguntou Gabriela.

— É — confirmei.

— E pra quê? — ela perguntou novamente.

— Pra tirar o seu Antonio da rua. Não queríamos mais ele aqui. Ele só arrumava encrenca com a gente. Furava a nossa bola, mandava a gente parar de brincar em frente da casa dele, de mãe da rua, *betsy* e mais tantas outras brincadeiras que a gente inventava. Depois, até polícia ele chamou.

— E vocês fizeram mesmo o tal abaixo-assinado? — ela perguntou.

— Não, é claro — a Sílvia respondeu na minha frente. — A casa é dele, não tem como expulsar um morador. Meu pai acabou convencendo o Miguel de que o jeito era aprender a conviver com ele.

— Mas o que isso tem a ver... — a Gabriela começou. Mas eu nem deixei que ela terminasse a pergunta.

— É sobre isso a minha ideia. O abaixo-assinado.

A minha ideia

— Você acha que a gente devia fazer um abaixo-assinado, Miguel? — perguntou o Júlio.

— Eu acho.

— Pra quem? — desta vez foi o Marcelo. — E falando o quê?

— Um abaixo-assinado para o prefeito pedindo soluções para o caso dos moradores de rua e dos mendigos da cidade. Assim como foi feito em Luzes.

— Mas a cidade de Luzes é bem maior que a nossa — lembrou Júlio.

— E daí? Se lá deu certo, por que aqui não pode dar também? — falei.

— O prefeito pode falar que não tem dinheiro o suficiente pra construir o albergue — previu Júlio.

— Muito menos de fazer tudo o que está no projeto que o seu Manoel explicou — completou minha irmã.

— Mas ele pode pedir ajuda pro governador, não pode? — eu perguntei.

— Concordo com o Miguel — disse Marcelo. — Se a prefeitura não tiver dinheiro pra isso, ela que peça pro governo do estado. Não é pra isso que o governo serve? Pra ajudar as prefeituras?

— Isso mesmo, Marcelo! — eu falei, já bastante entusiasmado. Sentia que começava a ganhar um aliado. — O importante é a gente fazer alguma coisa pra tentar ajudar. Você não acha, Américo?

O Américo tinha só ouvido até aquela hora. Era muito importante para mim ter a aprovação dele. E ainda bem que foi isso o que aconteceu:

— Eu acho, sim. Com um abaixo-assinado de toda a população da cidade, o prefeito vai ter de dar um jeito nessa situação!

— Eu tenho tanta pena dessa gente! — disse Madalena. — Se pudermos ajudar, por que não?

— Olha, ainda acho que o prefeito vai arranjar um monte de desculpas.

— Ah, Júlio! Como é que você pode ter certeza disso? — falei.

— É verdade, Júlio — o Lucas concordou comigo. — A gente só vai realmente saber se isso vai acontecer depois de tentarmos.

— Será? — o Júlio ainda estava em dúvida.

Mas alguém, mesmo sem saber que com a sua fala ia fechar a discussão, disse, bastante otimista:

— Será, sim, Júlio. A ideia do Miguel é realmente muito boa.

Foi o elogio da Gabriela que todos nós escutamos. Dei um sorriso discreto, assim, meio sem querer. Nada de exageros. No fundo, fiquei todo convencido, orgulhoso. Mas não queria nem que os meus amigos nem que a própria Gabriela percebessem nada.

— Então, vamos começar a escrever o abaixo-assinado? — a Sílvia sugeriu. — O quanto antes começarmos a recolher as assinaturas, melhor será, não é?

— Isso mesmo, Sílvia. Vou lá no meu quarto pegar um papel e uma caneta. O Américo é bom para escrever. Ele vai ajudar — falou a Madalena.

— Ah, claro! Eu ajudo, sim.

Conversamos, conversamos e conversamos e, depois de muitos rabiscos e rascunhos, decidimos que o abaixo-assinado ficaria assim:

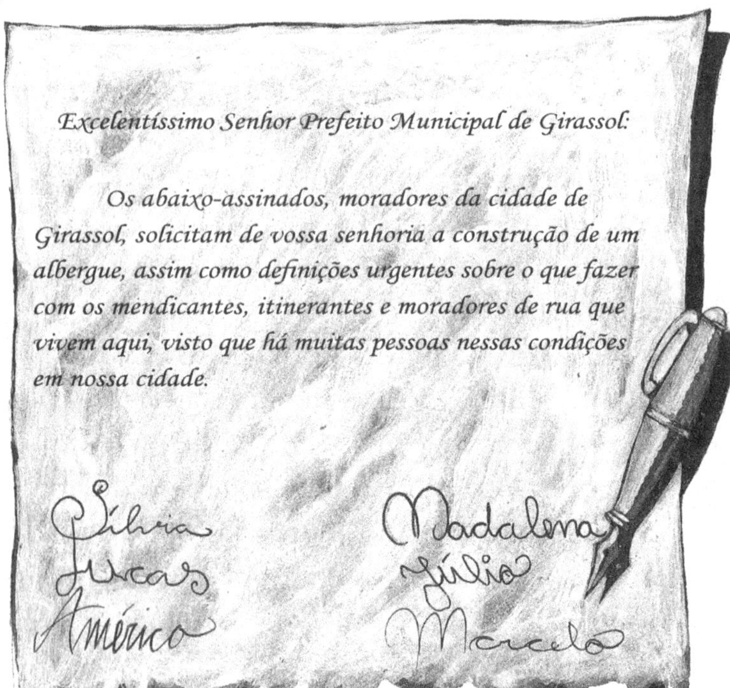
Excelentíssimo Senhor Prefeito Municipal de Girassol:

Os abaixo-assinados, moradores da cidade de Girassol, solicitam de vossa senhoria a construção de um albergue, assim como definições urgentes sobre o que fazer com os mendicantes, itinerantes e moradores de rua que vivem aqui, visto que há muitas pessoas nessas condições em nossa cidade.

Sílvia — Madalena
Lucas — Júlia
Américo — Marcelo

Terminada a leitura da redação final do abaixo-assinado, fomos embora. Cada um de nós não via a hora de chegar o dia seguinte. Já tínhamos combinado de nos encontrar depois das aulas para traçar alguns planos, por exemplo, por onde iríamos começar, como nos dividir para pegar as assinaturas, o que explicar para a população, etc. O local do encontro também já sabíamos: debaixo da ingazeira da praça.

À noite, antes de dormir

Toc. Toc.

— Sílvia?

— Hum...

— Você já tá dormindo?

— Se estivesse você já teria me acordado.

— Posso falar com você um pouco?

— Pode. Acende a luz.

Clic.

— Você gostou mesmo dessa ideia do abaixo-assinado?

— Ué! Claro que eu gostei! Senão, não teria falado que queria participar recolhendo as assinaturas com vocês, esqueceu?

— Não. Eu não esqueci.

— O papai e a mamãe também aprovaram a ideia.

Silêncio.

— Que é que você tem? Tá tão esquisito! Tá preocupado se não vai dar certo?

— Também.

— Ah, Miguel. A gente não tem que ficar pensando nisso agora.

— Eu sei.

Silêncio outra vez.

— Faz tempo que você é amiga da Gabriela?

— Bom, tempo, tempo, não faz. Mas ela é superlegal e a gente acabou ficando amigas, sim.

— Ela te falou que nós brigamos várias vezes?

— Falou.

— E o que foi que ela disse?

— Que como é que podia eu, uma menina tão legal, ser irmã de um cara tão grosso.

— Grossa é ela!

— Calma, eu não falei tudo.

— Hum. E tem mais o quê?

— Um cara que não dá oportunidade para conhecer melhor as pessoas.

— Eu?!

— Foi o que ela disse. Tá certo, eu exagerei um pouco naquele negócio de "uma menina tão legal... Como é que pode...". Mas foi mais ou menos isso que ela quis dizer.

— Mas ela disse que sou eu que não quero conhecer as pessoas?

— Disse.

— Ela é que nem dá chance! Toda vez que a gente se encontra é briga, briga...

— Quem sabe agora mude.

— Por que quem sabe?

— Ora! Agora vai todo mundo trabalhar junto.

— E daí?

— E daí que a gente não pode ficar com briguinhas e perder de vista o nosso objetivo. Senão, o abaixo-assinado não sai. Ou eu tô errada?

Último silêncio.

— Não. Você tá certa.

Problemas à vista

Nós achávamos que não enfrentaríamos grandes problemas, que muitas pessoas iam querer ajudar, e que algumas talvez não. Já tínhamos previsto isso. Aí, iríamos conversar, explicar, falar sobre a importância da nossa proposta para a cidade, assim por diante. Achávamos que o nosso problema estaria aí. E só. Mas não. Uma pessoa iria nos atrapalhar muito. Mas muito mesmo.

O seu Antonio era viúvo já fazia bastante tempo. Não me recordo direito da mulher dele, ela devia ter morrido quando eu ainda era bem pequeno. Sei que ele criou seis filhos, na época do abaixo-assinado todos já estavam casados e morando longe dele. Apesar de a casa do seu Antonio ser grande para uma única pessoa, ele nunca quis morar com filho nenhum, sempre preferiu viver sozinho.

Bem, isso é o que eu acho. Não sei se foi mesmo uma opção ou ele que não teve chance de escolher.

Fico pensando em como ele e o Américo, apesar das idades bem próximas, eram tão diferentes. E isso você notava logo de cara, era só olhar.

O Américo era uma pessoa com o espírito jovem e sempre mostrou para a gente que muitas coisas que poderiam ser feitas na vida não tinham muito a ver com a idade.

Quer mais o fato de ele estar sempre jogando bola, conversando com a gente? E com a Madalena, então? Tão carinhoso, tão apaixonado...

Antes de eu conhecer o Américo, achava esquisito demais ver pessoas mais velhas fazendo algo que eu julgava serem próprias de pessoas mais novas. Como namorar, por exemplo. Na minha cabeça, determinadas coisas tinham a idade certa para acontecer. Ninguém tinha me falado que isso era uma tremenda bobagem, um preconceito sem tamanho.

Só mais tarde fui perceber que namorar era

bom em qualquer idade. Que amar era muito bom em qualquer idade.

Mas o seu Antonio não era assim. Ele se comportava de modo muito diferente do Américo. Era muito sério, ranzinza, não suportava barulho nem brincadeiras de crianças.

Para falar a verdade, não sei do que ele gostava. Ah! Como eu poderia ter me esquecido! De assobiar, é claro! Disso ele devia gostar, porque, quando ele saía na frente da casa dele, ficava assobiando tão alto, mas tão alto, que lá da minha sala dava pra gente ouvir.

Não sei se ele gostava de assobiar porque gostava mesmo ou porque descobriu que todos aqui da rua detestavam aquele irritante e desritmado assobio dele. Tem gente que sente prazer em irritar os outros. É ou não é?

Será que era por isso que ele vivia implicando com a gente? Pode ser. E com aquela história do abaixo-assinado? Para mim, ele era contra só para irritar mais ainda a nossa turma.

Começou assim, eu e o Marcelo batendo palmas em frente à casa dele.

Eu me esqueci de dizer que nos dividimos de dois em dois. O Júlio deu um jeitinho de sair com a minha irmã. Fiz que não percebi. O momento não era para bater de frente por causa desse tipo de coisa. O Américo foi com a Madalena, eu com o Marcelo, e o Lucas foi buscar as assinaturas com a Gabriela. Eles deviam estar mesmo namorando, é claro. Mas, que me importava?

Seu Antonio abriu a porta da sala. Deu primeiro uma olhadinha e depois colocou o corpo todo à mostra, ficando ali parado.

Ele estava vestindo sandálias, uma calça cinza-clara, dessas de tecido bem molinho, e uma camisa cor de pêssego. Ele era um tipo comum, não fosse a eterna cara de zangado dele. Era calvo, os cabelos bem grisalhos começavam no meio da cabeça e aumentavam um pouco quando chegavam na parte de trás. Era magro, mas tinha uma barriguinha que a camisa por fora da calça não conseguia esconder.

— Boa tarde, seu Antonio — nós ali, supereducados.

— Que é que vocês querem? Se caiu alguma bola aqui eu não vou devolver!

— Não... Não é isso — falei com jeito, tentando me controlar. ta homenzinho ruim! A minha vontade... Nem posso falar qual era a minha vontade.

A cara dele estava como sempre: de poucos amigos. Puxa, como era difícil falar quando a pessoa já nos recebia assim!

Tentei começar bem devagar, dando voltinhas, igual o Júlio fazia:

— É que... O senhor conhece o seu Milton?

— Quem? — perguntou, franzindo as sobrancelhas. Alguns segundos depois, fez uma cara de quem parecia ter se lembrado de alguma coisa. — Aquele mendigo safado que vive xeretando nas coisas dos outros?

— Ele não faz isso, seu Antonio!

Segurei no braço do Marcelo, como sinal para ele

não falar mais nada. Não ia adiantar ficar discutindo com o seu Antonio, só ia deixar o homem mais bravo.

Então, eu disse:

— Nós pensamos em fazer um abaixo-assinado para o prefeito ajudar essas pessoas como ele, que não têm casa, emprego, família, nada. Lá em Luzes, a prefeitura construiu um albergue para elas ficarem temporariamente e também criou um projeto para que consigam dar um jeito na vida, procurar a família, arranjar emprego...

— O quê? Gastar dinheiro público com esse bando de vagabundos? Nem pensar!

Olhei para o Marcelo. Branquinho do jeito que era, a essa hora ele já estava ficando vermelho. De raiva. Fiz outro sinal para ele esperar e não dizer nada. Fui em quem disse:

— Mas, seu Antonio, é gastar dinheiro público com os problemas da cidade! Não é isso que o prefeito tem de fazer?

Mas ele foi curto e grosso:

— Olha aqui, menino, eu não sei quem é que teve essa ideia infeliz. Mas eu vou dizer uma coisa: não vou deixar vocês convencerem a população a assinar uma porcaria dessas.

— O quê?! — dissemos, atônitos. Era só essa que nos faltava!

E ele continuou esbravejando, como se a nossa proposta fosse o fim do mundo:

— Vê se tem cabimento isso! Gastar dinheiro público com esse bando de desocupados! Não vou deixar, não! Ouviram bem? Não vou deixar, não!

E foi entrando, largando nós dois parados feito bobos em frente ao portãozinho da casa dele, nem sabendo mais o que fazer.

Algumas informações debaixo da ingazeira

No final da tarde, nós nos encontramos. A Sílvia começou falando:

— Até agora está indo tudo bem. As pessoas estão entendendo o nosso propósito e assinando. Acharam mesmo uma boa ideia ajudar esse pessoal todo e com isso ajudar a nossa própria cidade.

Depois, foi a vez da Gabriela:

— Tivemos dificuldade com algumas pessoas. É que elas ficavam com medo de assinar, dizendo que não podiam se comprometer porque já tinham muitos problemas na vida e, ficar com mais um depois, se desse alguma coisa errada, nem pensar. Aí, eu dizia: "Que coisa errada?", e elas respondiam: "Ah, sei lá! Qualquer coisa errada!".

O Lucas não perdeu tempo e foi logo completando:

— Mas, em compensação, muitas vezes ouvíamos: "Eu vou assinar, sim! Acho muito bom que alguém fale para o prefeito dar um jeito nessa situação".

— Ótimo — o Américo disse. E já seguiu relatando: — Comigo e com a Madalena foi assim: muita gente assinou com boa vontade, outras nem tanto. Algumas diziam: "Olha, eu assino, sim, mas acho que

não vai adiantar nada. Vocês não sabem como são os políticos? Não tão nem aí para o povo pobre. Podem escrever: esse abaixo-assinado não vai dar em nada". Então, a pessoa assinava, dava um sorriso meio amarelo e voltava para dentro de sua casa.

— Depois, eu e o Américo conversamos sobre isso — a Madalena contou. — Qual o motivo, então, de a pessoa estar assinando uma coisa em que ela não acreditava? Será que nós todos estávamos sonhando com alguma coisa impossível?

— Claro que não, Madalena! — disse a Gabriela, demonstrando certeza no que pensava. — A gente não pode se deixar abater por essas pessoas que não acreditam no que estamos fazendo. Agora é hora de termos força pra lutar. Não podemos ficar desanimados, não. Nós estamos apenas começando. Hoje foi só o nosso primeiro dia.

A Gabriela tinha razão, mas nem ela nem os outros ainda sabiam do problemão que a gente ia ter pela frente.

Todos ficaram olhando para mim e para o Marcelo. Era a nossa vez de relatar como estávamos indo. Olhei para o Marcelo, que fez um gesto com a cabeça, indicando para eu falar. E fui direto:

— Encontramos resistência em uma delas: o seu Antonio.

— Ah! Mas uma pessoa só não faz diferença!

— Mas você não sabe o que ele disse, Júlio — o Marcelo falou.

— E o que foi? — o Américo perguntou, já um tanto preocupado por causa da nossa cara.

O Marcelo respondeu:

— Que vai impedir a gente de realizar esse abaixo-assinado porque ele não concorda que se gaste dinheiro público com essas pessoas.

— Eu não acredito! — disse a Madalena, espantada.

— Que absurdo! — indignou-se o Américo.

— Como é que é? — perguntou a Gabriela, furiosa. — Além de ele não querer assinar, ainda vai fazer campanha contra?

Balancei a cabeça, desolado:

— Infelizmente, é isso mesmo, Gabriela.

— De jeito nenhum! — ela falou, decidida. — Nós não vamos permitir uma coisa dessas!

— E o que nós vamos fazer, então? — o Marcelo perguntou.

— Não sei — ela respondeu. — Mas ele não pode fazer isso. Não se trata de gastar dinheiro público à toa, será que ele não percebe? Quem não deseja que todos vivam bem na cidade onde moram? Quem? Não é pra isso que os moradores pagam impostos e elegem seus representantes? Não é pra cobrar deles depois? Eles não se candidataram justamente pra isso? Pra tomar conta da cidade, resolver os problemas, fazer com que todos se sintam bem em viver ali?

Eu fiquei boquiaberto. Puxa! Como a Gabriela era inteligente! Conhecia tanta coisa, sabia falar tão bem!

— Isso mesmo, filha! — o Américo incentivou. — É que esse tipo de coisa acontece porque tem gente que já perdeu todas as esperanças, não acredita em mais nada. Muito menos quer lutar por algo.

Ela continuou falando:

— Fico triste por essas pessoas, pai. Deve ser duro não ter mais esperança em coisa alguma, não acreditar em nada nem em ninguém. Eu não quero crescer e ser uma adulta assim.

— Nem eu! — disse a Sílvia, imediatamente.

— Você tem razão, Gabi — concordou a Madalena. — Se a gente não puder acreditar nas pessoas deste mundo, a vida vai ficar muito sem graça.

— Sem esperança — a Sílvia disse.

— Sem sonho — falou Américo.

— Sem amor — a Gabriela completou.

Olhei para cada um da nossa turma, sentada em círculo, debaixo da sombra da ingazeira. Eu ainda estava muito admirado com todas as coisas que tinha ouvido ali. Olhei para a Gabriela, para os olhos dela, e senti uma força grande. Uma esperança imensa em querer crescer num mundo melhor e mais justo. Uma vontade de lutar para que isso não ficasse só no sonho, num passado tão remoto que só serviria mesmo para recordar e não para viver.

O Lucas, ao lado da Gabriela, demonstrava estar feliz. O meu amigo era um cara de sorte.

Segundo dia: problemas, problemas...

No dia seguinte, estávamos numa das ruas do bairro vizinho, batendo de casa em casa, quando vimos atrás de nós uma movimentação muito estranha. Eram umas cinco ou seis pessoas, todas falando ao mesmo tempo e vindo em nossa direção.

Primeiro, achamos que não tinha nada a ver com o abaixo-assinado. Mas, depois, notamos o seu Antonio no meio daquele pessoal. Aí...

— Ah! Eu sabia que encontraria vocês por aqui! — ele chegou dizendo. — Não desistiram dessa ideia maluca, não?

— Seu Antonio! — falou Lucas. Era ele quem estava comigo daquela vez. O Marcelo não ia poder sair logo depois do almoço, como estava combinado, porque tinha de fazer umas coisas para a mãe dele. Então, a Gabriela foi junto com a Madalena, e o Américo resolveu ir sozinho, mais longe e de carro. O Lucas continuou: — A nossa ideia não é maluca!

— Não, mesmo! — eu confirmei, cheio de autoridade.

— Olha, a gente quer que tire o nosso nome da lista — disse uma das pessoas que estavam junto com ele.

— O quê?! Mas vocês não podem dar ouvidos para o que esse homem aí está dizendo! — falei.

— Olha lá como fala, hein, moleque! — seu Antonio reclamou.

— Nós estamos certos em pedir o que estamos pedindo. Não é nenhum absurdo — continuei, sem sequer dar ouvidos ao protesto dele.

Aí, uma outra pessoa que estava junto resolveu dizer:

— Bom, eu ainda não assinei. E nem vou assinar. O seu Antonio é que tem razão. Se a gente começar a ajudar esses mendigos que chegam aqui na cidade, aí, sim, é que vai aparecer um mendigo atrás do outro.

Eu não acreditava que o seu Antonio tinha tido a coragem de ficar enfiando aquelas coisas na cabeça das pessoas.

Naquele momento, olhei para a mulher com quem tínhamos acabado de conversar. Ela estava no portão da casa com a lista do abaixo-assinado e a caneta nas mãos. Um pouco, ela olhava para mim e para o Lucas; um pouco, para aquele seu Antonio duma figa e as outras pessoas que tinham vindo com ele. A caneta na mão, parada.

Então, eu perguntei, com jeito:

— Dona Lucila, a senhora não vai assinar?

Mas aquele intrometido não deixou que ela respondesse:

— Não assina não, dona Lucila. A senhora paga seus impostos não é pra isso. Não vai querer desperdiçar dinheiro público com as maluquices dessas crianças.

Olhei furioso para o seu Antonio. Queria torcer o pescoço daquele homem. Além de tudo, chamava a gente de criança, para fazer parecer que o nosso propósito era a coisa mais sem cabimento, sem importância, brincadeirinha de quem não tinha mais o que fazer.

O Lucas falou:

— Não dá bola pra esse maluco não, dona Lucila.

— Mais respeito, moleque!

— Ele não sabe o que tá dizendo — o Lucas continuou em seguida. — Todo mundo paga impostos pra ver a cidade em que vive bem administrada.

— E esse problema dos moradores de rua faz parte de tudo isso, dona Lucila — completei.

A dona Lucila ainda estava com a caneta e o papel. Não sabia que atitude tomar. Repetia os mesmos gestos anteriores. Um pouco olhava para nós dois, um pouco olhava para as outras pessoas. De um lado para outro, de um lado para outro. Eu já estava ficando angustiado. Que tortura!

Aí, ela esticou os braços em nossa direção, o papel em uma das mãos e a caneta na outra, e foi dizendo, devagar:

— Olha, acho que preciso pensar um pouco. Não me levem a mal. Passem em outra hora, tá bom? — e nos devolveu a lista do abaixo-assinado e a caneta.

Eu e o Lucas ficamos murchinhos de tudo. Fui sentindo um desânimo, mas um desânimo! Ainda tivemos de ouvir:

— Muito bem, dona Lucila!

— É assim que se faz!

— Não vai ficar dando corda pra essa molecada que a senhora vai ficar louca!

O grupo do seu Antonio foi se dispersando. E ele ainda deu uma última olhada para nós. Não disse nada. Nem precisava, aquele olhar com aquela cara de vencedor nos dizia que onde a gente estivesse ele ia atrás para convencer as pessoas a fazer justamente o contrário do que queríamos.

Ia ser uma batalha muito mais difícil agora.

Nova reunião na praça

— Então, o seu Antonio resolveu mesmo comprar uma briga com a gente? — a Gabriela falou, assim que cada um contou como tinha sido a sua tarde em busca das assinaturas. O Américo e a Madalena não tinham podido vir daquela vez. A Gabriela tinha ficado de passar a eles todas as informações depois, quando chegasse em casa.

— Eu, sinceramente, não sei o que fazer — falei. — Se for pra gente recolher as assinaturas e depois as pessoas começarem a vir atrás de nós porque se arrependeram... — balancei a cabeça de um lado para o outro.

— Ou então o seu Antonio chegar antes e convencer todas elas a não assinarem... — completou Lucas.

— Nossa! — disse Júlio. — Antes aquele homem só ficasse furando as nossas bolas!

— Ah, Júlio! — disse Marcelo. — Não fala besteira também!

— Era melhor. Escuta o que eu tô falando...

— Mas agora a gente faz o quê? — a Sílvia perguntou, retomando o assunto.

— Nós precisamos urgentemente tirar o seu Antonio da jogada. Ele tá atrapalhando demais a gente! — disse Marcelo.

— Põe demais nisso! — a Sílvia afirmou.

— Se vocês vissem aquelas pessoas... — falei. — Todas elas concordando com ele...

— Mas o seu Antonio não vai conseguir ficar andando atrás da gente em todos os lugares da cidade, certo? — perguntou a Gabriela.

— Claro — falei. — Mesmo assim, ele já vai fazer um bom estrago...

— Não se pudermos colocar mais gente do nosso lado. Gente que tenha um certo prestígio na cidade, porque está sempre divulgando e dando informações sobre noticiários, pesquisas e utilidade pública à população de Girassol.

— Você está falando do jornal, Gabriela? — perguntei.

— O jornal pode ser também. Mas não foi nele que eu pensei. Foi em outra coisa.

— Em quê? — perguntamos todos.

Aí a Gabriela falou, com uma entonação de voz diferente do modo como vinha fazendo até aquele momento e anunciou:

— "Senhores ouvintes da cidade de Girassol, muito boa tarde! Temos ótima música, diversão e muitas notícias para vocês!"

— A rádio! — exclamamos, surpresos.

— Isso mesmo. A rádio.

A rádio: uma grande aliada

A Gabriela teve essa ideia porque no ano anterior, na escola onde estudava, os alunos fizeram um estúdio de rádio. Nossa! Eu achei o máximo isso! Fiquei maravilhado só de ouvi-la contar. A gente logo associa rádio a música e esquecemos que ela não é só isso, não é verdade?

Ela nos contou que foi um trabalho de que todos participaram, desde os alunos mais novos até os mais velhos. A escola se encarregou de comprar os equipamentos, que não eram nada tão complicados assim, segundo a Gabriela.

Desse modo, todos os dias, na entrada e no intervalo das aulas, alguns alunos da classe já preestabelecida eram os responsáveis para dar as notícias e escolher as músicas que iriam ao ar.

— Fui várias vezes uma das responsáveis eleitas pela minha classe. O pessoal achava que eu tinha uma voz boa para locutora.

— E tem mesmo! — elogiei.

— Mas, e aí, Gabriela? Você tá pensando em quê exatamente? — perguntou a minha irmã.

O Júlio falou antes de ela responder. Falou não, fez uma pergunta. Cretina:

— Você quer montar uma rádio aqui embaixo da ingazeira?

— Ô, Júlio! — censurou Marcelo.

— Brincadeira.

Aí, ela expôs a ideia dela:

— Pensei no seguinte: por que a gente não entra em contato com o pessoal da rádio, explica a nossa ideia e, aí, se eles gostarem, coisa que eu acho que vão, nós pedimos para que o abaixo-assinado seja divulgado na hora em que eles forem dar as notícias da cidade? Acho que é mais ou menos isso.

— Mas que ideia fantástica, Gabi! — elogiou a Sílvia. — Com a rádio do nosso lado, vai ser muito mais fácil!

— Vai nos dar mais moral — falou Lucas. — Aí, ninguém vai ficar falando o que nós ouvimos do seu Antonio, por exemplo.

— E o que foi que vocês ouviram? — a Gabriela perguntou.

— Chamou a gente de criança! Vê se pode!

— Ah! Deixa ele pra lá, Lucas.

— E como é que nós vamos fazer? — perguntou Marcelo.

— Eu posso ir até a rádio e conversar com os repórteres — eu me ofereci.

— Tudo bem, Miguel, mas eu acho que deveríamos ir todos juntos — a Gabriela deu outra sugestão. — Aí eles vão ver que esse movimento não é coisa da cabeça de um só, mas de um grupo. Acho inclusive que o meu pai e a Madalena deveriam ir também.

— Está certo — concordei. — Afinal, o Américo e a Madalena estão com a gente nessa.

— E quando? — perguntou Marcelo, ansioso.

— Que tal amanhã mesmo, depois da escola? — a Gabriela propôs.

— Por mim, tá fechado — concordei.

— Por mim também — todos foram dizendo.

Depois de um certo tempo, no momento em que estávamos nos levantando do chão para cada um voltar para casa e enquanto os meus amigos estavam distraídos conversando sobre mais alguns detalhes, eu falei para a Gabriela:

— A sua ideia é muito boa.

— Obrigada. Um elogio como esse eu vou precisar até marcar no meu diário! — ela deu um sorriso, o qual demonstrava que falava de brincadeira.

Mas, por um momento, parecia que não. A minha grande dúvida era: será que, no fundo, ela ainda tinha aquela coisa na cabeça de que eu não ouvia ninguém? Que só as minhas ideias é que prestavam? Será que ela ainda pensava isso de mim?

Eu não queria que ela fizesse essa ideia a meu respeito. Queria que me visse com outros olhos. Estendi a mão para ela:

— Sem ressentimentos, Gabriela?

Como num cumprimento entre cavalheiros, ela me deu a mão. E na mesma hora, sem precisar pensar duas vezes, o que provava que ela estava, assim como eu, decidida a apagar certas mágoas do passado.

Uma mão tão pequena, lisinha e macia. Senti o seu calor, enquanto olhava para o seu rosto. Acho que foi a primeira vez que nos olhamos nos olhos assim, tão fundo, parecia que dava para enxergar os pensamentos, a própria alma um do outro... Uma coisa meio louca, que eu nunca tinha sentido antes.

— Sem ressentimentos, Miguel — ela falou. — Só espero que você e o Lucas também já tenham se entendido.

O Lucas. Claro. A preocupação maior dela era o Lucas. Por um momento eu tinha me esquecido dele. Quer dizer, não dele propriamente, mas dele com a Gabriela. Dos dois juntos. Ah! As palavras saíram meio confusas, é difícil de explicar. Mas você me compreendeu, não é mesmo?

— Eu e o Lucas já nos entendemos, sim. Não precisa se preocupar.

— Que bom.

Então, ela tirou a mão dela, meio sem jeito. Eu fiquei pior porque esqueci de soltar antes. Ficou uma situação meio chata, mas aí um dos meus amigos, não me lembro quem, entrou no meio para perguntar alguma coisa. E a Gabriela foi andando, na frente. Logo, o Lucas a alcançou e começaram a conversar. Eu fiquei observando, acho que o tempo todo que durou a nossa volta para casa. O Lucas. Sempre o Lucas.

A entrevista na rádio

Conhecemos o Adriano, um jornalista simpático à beça, que achou a nossa ideia maravilhosa. Disse que queria fazer uma entrevista com a gente.

— Quando? — o Júlio perguntou.

— Por mim, amanhã mesmo. Só não dá para ser agora porque ainda tenho que editar a entrevista que vai ao ar às dezoito horas e daqui a pouco tenho outra marcada. Mas, amanhã, está tudo certo, se vocês puderem...

— Só não pode ser de manhã porque é o horário em que estudamos — falei.

— Sem problemas. Logo no início da tarde, como hoje, está bom para vocês?

Olhamos um para o outro e todos fomos balançando a cabeça, querendo dizer que sim.

— Pode ser na minha casa — ofereceu Américo.

— Está ótimo. Vou anotar o endereço.

No dia seguinte, na hora marcada, a nossa turma estava lá na casa do Américo. A minha irmã apareceu tão produzida que eu perguntei se ela pensava que ia aparecer na televisão. Ela só me xingou de bobo, mais nada. O Júlio estava nervoso pra caramba. Eu não entendia por quê.

— Ô, Júlio! — eu disse. — Você não ouviu o que o Adriano falou? Que não é nada ao vivo e que se alguém errar, engasgar, tossir, espirrar, tudo bem? Que na hora de editar ele tira todos os problemas?

— Eu sei, né, Miguel! É claro que eu ouvi. Mas eu nunca dei nenhuma entrevista antes na minha vida. Tô nervoso, sim, o que é que tem?

— Eu estou calmíssimo — disse o Lucas, na maior pose. — Uma coisa que eu aprendi foi a ser sempre natural em qualquer entrevista.

— Ah, é? — zombou Júlio. — E quantas entrevistas você já deu, posso saber?

— Muitas. Mas nada oficialmente.

— Ah, Lucas! Para de contar vantagem! — falei.

Aí, a Madalena apareceu na sala e avisou:

— Eu não vou falar nada, hein, meninos? Eu morro de vergonha dessas coisas. Fica tudo por conta de vocês, tá bom?

— Ah, Madalena, você fala muito bem. Deixa disso! — o Américo tentou convencê-la do contrário.

Mas ela foi enfática:

— Não, não. Prefiro só ouvir desta vez.

— Ah... Vocês ouviram, meninos? — falou Américo. — Ela disse "desta" vez. Da próxima, ela fala.

A Madalena riu, balançando a cabeça, querendo dizer que nem da próxima.

Logo o Adriano chegou. Antes da entrevista, conversamos um pouco. Ele nos falou mais ou menos tudo o que já tinha nos dito lá no estúdio. Principalmente o que dizia respeito a ficarmos tranquilos, que nada era ao vivo e que qualquer errinho ele tirava depois. Disse também que, como o noticiário ia ao ar depois das dezoito horas, ia fazer de conta que era nesse horário que se passava a entrevista.

O Adriano ligou o gravador e começou a falar:

— Amigos ouvintes da Rádio Girassol, boa noite! Estamos na casa dos moradores Américo e Madalena para entrevistar o grupo que está organizando um abaixo-assinado da população para o prefeito municipal. Américo, você poderia explicar aos ouvintes da Rádio Girassol o que é esse abaixo-assinado?

— É um pedido para o prefeito não somente construir um albergue como também buscar soluções para a situação dos moradores de rua e dos mendicantes que vivem no município. A nossa cidade necessita de um projeto que tenha como objetivo a reintegração dessas pessoas na sociedade.

— E por que vocês acham esse pedido importante? — o Adriano perguntou, colocando o gravador na direção do Júlio.

Parecia que o Júlio tinha levado um baita susto, porque ele arregalou os olhos deste tamanho e ficou gago de repente:

— É... é... é...

O Adriano não desligou o gravador nem tirou da frente do Júlio. Na maior calma, só pediu para o meu amigo ficar tranquilo que nenhum daqueles "és" ia sair.

Aí, o Júlio deu uma tossidinha e aos poucos foi se soltando, falando devagar:

— É porque se essas pessoas vivem na nossa cidade, o prefeito tem a obrigação de resolver esse problema.

Em seguida, o Adriano passou a palavra para a Gabriela:

— Nós queremos que toda população da cidade viva bem, que tenha condições dignas de moradia e oportunidades.

Eu:

— Não podemos simplesmente fechar os olhos e achar que o problema não é nosso.

A Sílvia:

— Muitas dessas pessoas não têm nem documentos, aí, não há como arranjar trabalho, nada.

O Lucas:

— Outras se perderam da família. A prefeitura também poderia ajudá-las a encontrar.

O Marcelo:

— Se essas pessoas tiverem ajuda, elas poderão até mudar de vida.

A Madalena:

— Eu?! Hã... Bem... Você não aceita um cafezinho?

— Depois eu aceito — o Adriano disse, sem tirar o gravador da direção da Madalena e muito menos de desviar os olhos dela.

— Hum... Eu acho que se um projeto assim deu certo na cidade de Luzes, por que não pode dar aqui também, não é mesmo? As pessoas vivem em sociedade, não podemos deixar que algumas delas simplesmente fiquem de fora e achar tudo isso normal. Assim, pedimos que toda a população assine o nosso abaixo-assinado. Não estamos reivindicando nenhum absurdo. O prefeito pode muito bem criar uma equipe para cuidar desse problema, já que, se é um problema da cidade, compete ao prefeito resolver. Não foi pra isso que ele foi eleito pelo povo? Buscar soluções para esse problema não é desperdiçar dinheiro público, como alguns moradores andam dizendo por aí. De jeito nenhum! É aplicar muito bem aplicado o dinheiro dos nossos impostos, investindo no social. Os nossos impostos não servem só pra consertar os buracos do asfalto, construir viadutos, hospitais, escolas... São para fazer tudo isso, sim, mas são para fazer muito mais! A nossa população merece respeito e a população que vive nas ruas também! Ou eles não são moradores de Girassol como nós?

Quando a empolgada Madalena parou de falar e percebeu que todos nós estávamos com os olhos grudados nela, prestando a maior atenção em tudo, ficou totalmente sem graça.

— É... Alguém aceita um cafezinho?

Um elogio para um amigo

A entrevista foi ao ar no mesmo dia, no noticiário das dezoito horas. É engraçado como as notícias na rádio são bem rápidas. Em três minutinhos tínhamos falado tudo e dado o nosso recado. E ficou muito bom.

Além do que falamos na hora da entrevista, o Adriano acrescentou os nossos nomes no final e falou que todos poderiam colaborar e assim ajudar a melhorar a vida da população de rua de Girassol. Era o momento de cada um exercer a cidadania. Agora, era só esperar pelos resultados.

Nesse meio tempo, resolvemos fazer um jogo de futebol no campinho, no sábado. Arrumamos os times, quer dizer, o Tavinho é que arrumou. Dessa vez, ele ficou com a gente, pois tinha mais jogador que o esperado e alguém precisava passar para o nosso lado. Ele se ofereceu.

Estranho esse Tavinho. Mudar de time assim, deixando seus amigos do outro lado... Aposto que era por causa do Américo, que ia jogar no gol. Mas, sabe que ele foi um dos que, depois da entrevista na rádio, se ofereceram para ajudar a levar o abaixo-assinado para as pessoas assinarem? Era bom, assim as coisas poderiam andar mais depressa. Esse Tavinho era estranho, mas também era muito legal.

Uma vez, em um dos nossos jogos, ele recebeu um baita elogio do Américo:

— Você tem futuro no futebol, Tavinho.

— É? Você acha mesmo, Américo?

— Eu acho. Já falei uma vez para os meninos, não é mesmo, Miguel?

Eu confirmei, balançando a cabeça.

— O meu sonho é ser jogador profissional — ele contou.

— Mas não pode pensar só nisso, não — o Américo falou. — Tem que estudar, escolher uma outra profissão para depois que se aposentar no futebol. A carreira de qualquer atleta é muito curta. Não se esqueça disso.

Foi nesse dia que o Tavinho foi até a casa do Américo a convite dele e conheceu a sua coleção de luvas. O Américo tinha o maior orgulho, ele adorava mostrar aos amigos e contar as histórias de cada uma delas. Aliás, isso de contar histórias era uma coisa de que ele gostava muito. E não apenas as relacionadas ao futebol, não. As de quando era pequeno também. Ou, como ele mesmo dizia, histórias do tempo em que era moleque.

A nossa turma gostava de ouvir, saber das brincadeiras, das malandragens... Era legal, a gente se divertia, achava engraçado ou a coisa mais sem cabimento, muito diferente de como estávamos acostumados.

Sempre gostei de ouvir histórias da nossa família. Era como se eu, Miguel, pudesse me conhecer melhor com isso, porque me reconhecia em muitas delas, em muitas aventuras, em muitos jeitos de pensar e sentir a vida.

Sei que eu vim de uma família de italianos, sei que os meus bisavós vieram da Itália no final do século dezenove, não no mesmo navio, mas com poucos meses de diferença entre a vinda de cada um.

Sou a continuação da vida dos meus pais, dos meus avós, daqueles bisavós e tataravós que não conheci, e de tanta gente que nem sei que nome leva. Somos uma história que não acaba nunca.

O jogo no campinho

Às três horas, já estavam os dois times formados no campinho e os dois representantes de cada um jogando a moedinha. O outro time escolheu o lado e nós saímos com a bola no meio do campo.

Assim que começou o jogo, escutamos vários "eh!", "vamos lá!", "é isso aí!" da torcida formada pela minha irmã, pela Gabriela, pela Madalena, pelo

Mateus, por três amigos da classe dele, pela molecada do outro bairro, amigos do nosso time adversário, e por mais alguns desconhecidos, pessoas que sempre vão parando quando veem um bom joguinho de bola. É, tinha uma porção de gente nos assistindo e eu não queria nem poderia fazer feio.

Numa das bonitas defesas do Américo, ouvi a Gabriela gritar:

— É isso aí, pai! Agarra todas!

Ela era uma torcedora tão entusiasmada! Olhei para ela e ela me deu um aceno, sorrindo. Até dei uma discreta olhadinha para trás. Mas não tinha ninguém, não. Aquele aceno era mesmo para mim. Parecia até que a sua boca estava dizendo: "Vai lá, Miguel! Manda ver!". Não tenho certeza de que ela dizia isso. Vai ver era só a minha imaginação. Mas, sorrindo ela estava. Um sorriso tão bonito, tão espontâneo! Sorri também.

Quando eu percebi, o menino do outro time já tinha cobrado o escanteio e a bola já estava lá adiante. Que mancada! Dei uma boa corrida para recuperar a minha momentânea falta de atenção.

Fui pensando que a Gabriela estava antenada em todos os lances. Claro, filha de goleiro, devia entender de futebol, por isso eu não podia dar nenhum fora. Eu tinha mesmo que caprichar, precisava marcar um gol de qualquer jeito. Se havia um momento bom para eu impressioná-la, o momento era exatamente aquele.

Foi nessa hora, então, que eu respirei fundo e me enchi de energia. Meu companheiro de time,

Tavinho, estava com a bola, correndo para o gol. Fui correndo ao lado dele, tinha um garoto do time adversário que estava me marcando. Fui me aproximando do Tavinho e gritando:

— Passa pra mim! Passa pra mim!

Mas aquele fominha não passava. E continuava correndo. Ia querer fazer tudo sozinho, eu sabia.

Consegui deixar o garoto da marcação um pouco para trás. Cheguei mais perto do Tavinho e, sem que ele esperasse ou sequer suspeitasse do meu gesto, roubei a bola dele e fui correndo em direção ao gol.

Ele deu uma paradinha, tão bobo que ficou:

— Tá doido, Miguel! Seu idiota! Nós somos do mesmo time!

— Desculpa! — gritei. E continuei correndo até ficar cara a cara com o gol.

Sérgio, o goleiro, saiu para tentar tomar a minha bola, mas eu não deixei. Ah, não! Se eu tinha chegado até ali, feito o que tinha feito, não ia ser o Sérgio que ia me impedir. Mas não ia mesmo!

Driblei bonito o goleiro e chutei com vontade. A bola entrou redondinha, redondinha. Marquei um golaço!

— Goooool!!!

Todo mundo comemorou. Olhei para a Gabriela, era só o que me interessava. Ela pulava e gritava também. Num instante, eu já estava abraçado ao Júlio, comemorando. Foi quando o Tavinho apareceu, na maior cobrança:

— Que é que há, Miguel? Esqueceu que a gente é do mesmo time, pô?!

— Desculpa, Tavinho — falei, uma cara desconsertada, meio querendo significar arrependimento. De faz de conta, é claro. Só pra ele não ficar muito bravo.

Eu sei que não tinha feito a coisa certa, que onde já se viu roubar a bola do próprio companheiro do time só pra marcar um gol. Só pra aparecer. Uma atitude pra lá de egoísta. De falta de ética. E de sei lá mais o quê. Mas, mesmo assim, mesmo sabendo de tudo isso, eu não estava arrependido coisa nenhuma. Eu vi bem o jeito da Gabriela, toda feliz e impressionada com a minha *performance*. Se tivesse que fazer, eu faria tudo de novo!

O Tavinho fez uma cara contrariada, mas no final me abraçou também. Acho que tinha caído na minha lábia. Comemorou o gol comigo, afinal o um a zero era para o nosso time e, portanto, o Tavinho deveria comemorar e estar feliz também.

Mas eu tenho certeza de que ele não estava entendendo nada. Pensando bem, pra falar a verdade, nem eu.

Comemorações de um time vencedor

Nosso time ganhou de 2 a 1. Um gol meu, outro do Tavinho. Que bom, senão eu ia ficar com peso na consciência mais tarde.

A pequena torcida invadiu o campinho assim

que o juiz (o Gabriel de novo) encerrou o jogo. Todo mundo queria abraçar a gente.

Vi quando a Gabriela foi dar um abração, apertado e demorado, no Américo. Ela estava superorgulhosa. Depois, toda sorridente, veio em minha direção. Eu não tinha certeza de que era mesmo na minha direção. Mas ela veio se aproximando, se aproximando, e eu ali, congelado, na minha. De repente não era comigo e eu ia ficar com a maior cara de bobo. Era melhor ter certeza. Ela veio mais um pouco, mais um pouco e parou na minha frente.

— Parabéns, Miguel! — ela me abraçou e me beijou no rosto.

Se eu já estava congelado, passei a estátua no mesmo instante. Eu quase nem respirava, com medo de que aquilo tudo pudesse não ser verdade. Nem sei direito o que me passou pela cabeça, só sei que devem ter sido milhões de coisas ao mesmo tempo.

A Gabriela tinha me beijado! Beijado! E bem ali, na frente de todo mundo! Ela nunca tinha feito isso antes, e eu nem poderia imaginar que ela fosse fazer, assim, do jeito mais natural possível. Supernatural até. E o Lucas, hein? Ele também estava jogando, mas eu não vi nenhum beijo dela no namorado. Foi em mim que ela deu. Vai ver nem torceu por ele! Estava o tempo todo torcendo por mim. Só por mim.

Aí, apareceu o Tavinho. A Gabriela se afastou e foi para perto dele. Virei a cabeça para o lado e fiquei observando cada passo dela. Ela se aproximou dele, devagar, e fez a mesmíssima coisa:

— Parabéns, Tavinho! — e o beijou no rosto.

Encolhi o sorriso na mesma hora. Murchei. O sol tinha sumido de repente. O céu, escurecido. Uma chuva bem gelada, lotada de granizo, tinha caído na minha cabeça. Fazia tlin, tlin, tlin o barulho das pedrinhas em contato com o meu couro cabeludo. Joguei todas as minhas fantasias para bem longe. Fiquei feito um cubo de gelo derretendo na grama, pronto para me desmaterializar, virar um nada. E era isso que ia acontecer dali a pouco. Eu não ia ser mais nada.

Como é que alguém podia se enganar tanto? Fiquei arrasado. Arrasado! Quando eu me virei para o outro lado para chamar a minha irmã, a fim de irmos embora e assim me ver longe desse tormento o mais rápido possível, o que eu vejo?

— SÍLVIA!

Ela e o Júlio estavam um pouco longe, mas o suficiente para ouvir o meu grito. Olharam assustados na minha direção.

Bufando feito touro bravo e com os passos pesados, marcando bem a minha raiva, fui chegando mais perto. Os dois lá, acuados feito bicho prestes a ser devorado. E eu ia devorá-los num instantinho, ah, se ia! Não ia nem querer saber o que eles tinham para me falar. Se é que tinham. Alguém poderia dar qualquer explicação depois de um beijo na boca?

Já fui dando bronca, muito bravo:

— Faz tempo que eu sei que vocês dois estão me enganando! Agora até aqui, no meio de todo mundo?

— A gente estava só comemorando a vitória do nosso time... — o Júlio foi falando, bem de mansinho.

Isso provava que ele estava com medo de mim. Ótimo. Continuei metendo bronca:

— Comemorando, Júlio? E pra comemorar precisa de beijo na boca? Você pensa que eu sou tonto? Já não falei pra você ficar longe da minha irmã?

Aí a Sílvia disse, a voz calma e firme:

— A gente está namorando, Miguel. Eu gosto do Júlio e ele gosta de mim. Se você nunca gostou de ninguém, não vai saber mesmo o que é isso. Mas um dia vai entender. Por isso é melhor você aceitar o nosso namoro.

Foi a vez de o Júlio confessar tudo:

— É, Miguel. Eu gosto da Sílvia. Um dia você vai entender o que é o amor...

E deixou a frase assim, no ar. Parecia o maior *expert* no assunto. Que raiva! Vinha dar uma de superior dizendo que eu não sabia, não entendia, não fazia nem ideia do que era o amor? Cretino! Cretino! Cretino!

E eu sabia por acaso? — eu me perguntei, nesse curto espaço de tempo em que pensava em todas essas coisas. Não respondi, me fiz de surdo. Pra que é que eu tinha que responder a essa pergunta?

Mas tinha um cara muito teimoso dentro de mim que não quis nem saber desse meu fingimento. Insistiu e insistiu, forçando a barra:

"— Sabia ou não sabia, Miguel?

— Sei lá! Eu não sou obrigado a responder isso.

— Então, não fica bravo quando o Júlio e a Sílvia falam que você não sabe!

— Quem falou que eu não sei?

— Sabe ou não sabe, Miguel? Responde logo e acaba de uma vez com isso!

— Ah! Eu não vou responder nada. Quero ver quem vai me obrigar!

— Outro dia você falou que o Lucas era um cara de sorte.

— Eu falei?

— Falou, sim. O que é que você quis dizer com isso?

— Eu? Eu não quis dizer nada! Dá pra parar de me encher de perguntas?

— Só estou tentando ajudar.

— Ah! Quer saber? Eu vou embora pra minha casa que eu ganho mais. E sozinho!"

E foi exatamente isso o que eu fiz.

Mudanças na rua, boas novidades

Como sempre, no final da tarde, a nossa turma estava reunida debaixo da ingazeira passando uns aos outros as últimas informações sobre o abaixo-assinado. Em resumo, tinha muita gente assinando e agora até elogiando a nossa iniciativa. O que um bom meio de comunicação não é capaz de fazer, não é mesmo?

Terminado o relatório do dia, o Américo avisou:

— Bem, meninos, eu já vou. Preciso ajudar a Madalena com o jantar.

Dizendo isso, ele se levantou da grama, ao mesmo tempo que dava uma sacudida na calça para tirar os pequenos ciscos.

— Eu vou com você, pai — a Gabriela levantou-se também.

O dois se despediram da gente e o Américo acrescentou no final da despedida:

— Amanhã a nossa luta continua.

Fiquei um tempo observando os dois se afastarem. Em seguida, olhei para o Lucas e perguntei:

— Não vai acompanhar a sua namorada?

— Namorada?

— É. A Gabriela.

O Lucas não respondeu. Ficou quieto. Surdo ele não era, é lógico. A impressão que eu tinha era que ele não queria me responder. E por que não? Essa era a pergunta.

Os meus outros amigos estavam conversando entre eles e eu percebi que não prestavam muita atenção em mim e no Lucas. Resolvi insistir na pergunta:

— Hein, Lucas?

— O quê?

— Como, o quê? Tô perguntando se a Gabriela é a sua namorada.

— Bom...

— Não enrola, Lucas. É ou não é?

Ele ficou mais alguns segundinhos em silêncio antes de dar a resposta final:

— Não.

— Não?! Mas vocês vivem juntos pra baixo e pra cima! Na rua, no intervalo...

— Isso é verdade. Eu bem que tentei, mas ela não quis nada comigo. Disse que eu era só um amigo.

— Ah...

E o assunto morreu aí. Logo, já tínhamos voltado a falar com o Júlio, com a Sílvia, com o Marcelo e com o Tavinho. Mas, de repente, sem mais nem menos, o Lucas falou:

— Chiu!

Olhei para ele, sem entender. Ele estava com a mão direita parada no ar, pedindo silêncio.

— Que foi, Lucas? — perguntei baixinho para não atrapalhar a concentração dele.

— Vocês não estão ouvindo?

— Ouvindo o quê? — o Tavinho perguntou.

— Chiu! — ele pediu mais uma vez.

Achei que o Lucas estava ouvindo demais. Mas, logo depois, eu também ouvi. Fiquei quieto mais um instantinho e, em seguida, eu disse, quando já tinha certeza:

— Eu conheço esse assobio.

Todos ficaram calados, prestando mais atenção. Não demorou muito, apareceu na esquina o autor daquele som.

— Xiii... Lá vem! — falou o Júlio, sentindo o cheiro de encrenca no ar.

— Será que ele vem vindo aqui falar com a gente? — cogitou minha irmã.

— Agora não estamos fazendo nada em frente

à casa dele! — respondeu Marcelo, já se colocando na defensiva.

— Isso mesmo — apoiei o meu amigo. — Ele que não venha mais nos amolar!

— Calma, pessoal! — o Tavinho pediu. — Se ele estiver vindo aqui falar com a gente, logo, logo nós vamos saber.

O assobio foi ficando mais forte, irritantemente mais forte, e, de repente, cessou de uma vez. Foi no exato momento em que ele chegou bem perto de nós.

Ficamos olhando para o alto, para o seu Antonio, sem nos levantarmos da grama. Só esperando para ver no que é que aquilo ia dar.

Ele deu uma olhada para cada um de nós, como se procurasse alguém ou alguma coisa. Pressentindo algo, o Júlio arrastou a mão na grama para esconder nas costas todas as folhas do abaixo-assinado, que até então estavam com ele.

O Júlio fez o gesto bem devagarzinho, mas como estava tudo muito silencioso, o seu Antonio percebeu o barulho de coisa sendo arrastada na grama. Fixou os olhos na direção do Júlio:

— Dá aqui essa porcaria de papel.

Aí o Júlio se levantou, segurando firme todas as folhas. Não adiantava mais esconder, ele já tinha visto mesmo!

— Não dou coisa nenhuma! — o Júlio enfrentou o seu Antonio, cara a cara. — E quero ver o senhor me tomar!

— Dá logo essa porcaria de papel, senão eu desisto e vou embora, moleque!

O Júlio continuava bravo, o peito estufado, parecia que se preparando para briga:

— Já falei, seu Antonio! Quero ver o senhor me tomar!

— Espera um pouco, Júlio — falei, colocando a mão nele, como que pedindo calma. O Júlio estava meio nervoso, por isso parecia que não tinha ouvido a frase muito bem. Em seguida, eu me dirigi ao seu Antonio, perguntando-lhe: — O senhor disse desiste? Desiste do quê?

— Desisto de assinar essa porcaria!

— Hã?!

Ficamos boquiabertos. Por essa ninguém, mas ninguém esperava. Aposto que uma mesma pergunta pairava na cabeça de toda a turma: "Será que o seu Antonio agora é do bem?".

Ele então completou o que tinha vindo falar:

— Eu quero assinar logo pra ninguém ficar falando que eu sou isso, que eu sou aquilo... A minha vida inteira, sempre fui um homem justo!

— E precisou do repórter da rádio pra convencer o senhor, é?

Dei um cutucão no braço do Lucas. Era melhor não mexer com a fera. Se o seu Antonio tinha mudado de ideia, ótimo! Não importava quem é que tinha conseguido essa façanha.

O Júlio ainda estava agarrado ao papel. Parecia meio indeciso, com medo de que tudo isso fosse mais uma das falcatruas daquele homem. Eu cutuquei o Júlio, empurrando o braço dele para que passasse de uma vez a lista para o seu Antonio assinar. Mas o Júlio o encolheu, voltando na mesma posição anterior. Eu esticava, o Júlio encolhia. Eu esticava, o Júlio encolhia. Fiz esse gesto mais umas duas vezes, depois desisti.

— Pô, Júlio! Entrega logo esse abaixo-assinado pro seu Antonio! — falei.

E ele lá, com aquela cara de desconfiado.

— É, entrega, Júlio — pediu a minha irmã. — Ele vai assinar.

Foi só a minha irmã falar que ele esticou o braço e passou o abaixo-assinado para o seu Antonio. Que coisa, não é mesmo?

O seu Antonio pegou o papel, a caneta e assinou. Gritamos, todos eufóricos:

— É isso aí, seu Antonio! É isso aí!

Todo mundo comemorou a decisão dele sorrindo, menos ele. Com a mesma cara fechada de sempre, devolveu o abaixo-assinado e a caneta para o Júlio e disse:

— Se alguma bola cair no meu quintal, eu furo. Estão me ouvindo?

Olhamos um para a cara do outro, enquanto o seu Antonio ia se afastando. Não demorou muito, recomeçou com o seu assobio.

Uma falta de sossego que eu sabia bem de onde vinha

Eu não conseguia ficar atento em nada do que se passava na televisão. Olhava para ela sem ver. Aí, quando me dava conta disso, eu me levantava, ia ao banheiro, depois voltava, sentando-me novamente no sofá. Outra vez a cena se repetia. Então, levantava, ia tomar água, voltava...

Cansado dessa repetição mecânica, desliguei o aparelho. Fui dormir com a mesma sensação esquisita de desconforto e impaciência. Rolei horas na cama, demorei muito para pegar no sono. Não conseguia de jeito nenhum.

No dia seguinte, pela manhã, estava pregado, me sentindo como se um caminhão tivesse me atropelado. Por pouco não perdi a hora. A Sílvia já tinha saído fazia tempo e a minha mãe ficou me apressando, só faltando me empurrar porta afora.

Foi com essa cara meio amassada e cheia de olheiras que a Gabriela me viu logo que saiu de casa para ir à escola. Eu nem sabia se esperava por ela para irmos juntos ou não, uma vez que eu tinha a

exata noção de como é que estava a minha aparência. Mas ela me chamou e tive de esperar. Ela disse que também tinha se atrasado.

Mas a Gabriela estava tão linda! Bem diferente de mim, todo amassado. Deduzi que o seu atraso não deveria ser pelo mesmo motivo do meu.

— Você tá bem? — ela foi me perguntando. Eu devia estar mesmo horrível para ela ter percebido logo de cara.

Fui direto, achei melhor não ficar dando muitas explicações:

— Dormi mal essa noite.

— Por quê? Logo agora que tudo está indo tão bem! O meu pai disse que até o final da semana nós entregamos o abaixo-assinado na prefeitura. Não é uma maravilha? Nosso trabalho vai finalmente ficar pronto!

— Eu não tô preocupado com isso, Gabriela. Sei que tá indo tudo bem, tudo ótimo.

— Então, o que é?

Pensei que ela não fosse insistir, mas a Gabriela era tão perguntadeira! Pensei em falar só meio por cima para ver se ela sossegava:

— Ah... Uma coisa que o Júlio e a minha irmã me falaram... Depois o Lucas... Só isso.

— Você não vai mais implicar com o namoro da sua irmã, né, Miguel?

— Não — respondi, sem nem precisar pensar. Isso era uma coisa que eu já tinha decidido. — Não vou falar mais nada se você quer saber, Gabi. A Sílvia que faça o que quiser da vida dela.

— Além do mais, o Júlio é o seu melhor amigo, né, Miguel? Você tem que levar isso em consideração. Ainda se fosse uma pessoa sem caráter ou coisa assim...

— É, eu sei.

— Mas você falou o nome do Lucas também. O que é que aconteceu? Vocês brigaram de novo?

Dei uma olhadinha para ela enquanto caminhávamos. Ela me olhava com uma cara preocupada. Será que achava mesmo que eu e o Lucas tínhamos brigado? Nem imaginava nada do que nós poderíamos ter conversado e que a conversa era a respeito dela?

— Eu não falei que tinha brigado com ele, Gabi. Disse que foi por causa de uma coisa que ele falou. É bem diferente.

— E o que foi?

Abri o jogo:

— Que vocês dois não estão namorando.

— Ora, eu nunca namorei o Lucas!

— Mas não era o que eu pensava.

— E de onde é que você tirou isso?

— De onde? Vocês dois não se desgrudavam! Como é que eu ia saber que não eram namorados? Além disso, eu não estava tão errado assim. O Lucas me confessou que ele quis namorar você.

— É verdade. Mas eu, não.

— É, eu sei. Ele me contou.

A Gabriela ficou quieta por um tempo. A minha dúvida era: eu falava ou não falava? Claro que era por isso que eu tinha passado a noite daquele jeito. Mas se ela estava agora do meu lado, por que não dizer? Por que não?

Estávamos atravessando a praça. Dei uma olhadinha para os lados. Nenhum dos meus amigos tinha parado para me esperar ou coisa assim. Estávamos só nós dois, quer dizer, sem nenhum conhecido por perto.

Então, criei coragem, mas não parei de caminhar, não. Apenas reduzi os passos. A Gabriela também reduziu para me acompanhar.

— Gabriela, eu nunca me aproximei mais de você porque sempre achei que estivesse namorando o Lucas.

— E eu sempre dizia à sua irmã que você nunca dava muita oportunidade para conhecer melhor as pessoas. E não me enganei. Se você tivesse prestado mais atenção, ia ver que nunca tive nada com o Lucas.

— E aí? Eu teria uma chance?

— Quem sabe...

Ela falou aquele "quem sabe" de um jeito! Minha intuição me dizia que eu deveria acabar de falar o que tinha começado. Então, segurei o braço da Gabriela, forçando uma paradinha. Desta vez, olhei para os olhos dela quando disse:

— E se eu falasse que agora já conheço você melhor, que faz tempo que comecei a admirá-la pela sua força, suas ideias, sua vontade de ajudar as pessoas, seu jeito de lutar pelo que acredita e tantas outras coisas mais?

Ela deu um suspiro e disse a sua resposta:

— Aí você teria uma chance.

Cheguei mais perto da Gabriela. Coloquei uma das mãos em seu rosto e me aproximei mais, sem desviar os meus olhos dos dela. Senti a respiração dela tão perto, tão forte e guardei na memória a minha última visão daquele momento mágico: a dos olhos dela se fechando, esperando pelo beijo.

Essa havia sido a melhor experiência que eu já tinha vivido até aquele momento. Depois do beijo, o aconchego daquele abraço apertado, a sensação de extrema felicidade, a certeza de que aquele sentimento todo era mesmo amor e mais: que o começo do nosso namoro era um daqueles dias que a gente leva para sempre em nossas memórias, para no futuro nos deliciarmos com essas lembranças.

Debaixo da ingazeira da praça

O abaixo-assinado deu certo. Movimentou uma porção de gente, inclusive o prefeito, que foi obrigado a se mexer. A equipe que ele designou foi até Luzes e recebeu os detalhes do projeto. Estudou, estudou e, um tempo depois, já começavam as negociações com o governo do estado para conseguir a verba para a construção do albergue.

Ainda demorou bastante tempo para que tudo fosse resolvido. Nada aconteceu num piscar de olhos, mas podemos dizer que as coisas aqui em Girassol foram se arranjando.

Com a ajuda do governador, o albergue finalmente ficou pronto. Um assistente social foi contratado para trabalhar com as pessoas que moravam nas ruas ou só estavam de passagem pela cidade.

No discurso de inauguração do albergue, que foi cheia de pompa, com direito a laço de fita e tudo, o prefeito disse que esse projeto de reinserção social já estava no plano de governo dele. Era tudo uma questão de tempo.

Sei... O importante era sabermos que a nossa ideia tinha mexido com a cabeça das pessoas, tinha conseguido fazer com que elas parassem para pensar nos problemas que não eram só dos outros, mas um pouquinho nosso também.

Algum tempo depois, eu, a Gabriela, o Júlio, a Sílvia, o Lucas e o Marcelo fomos até o albergue buscar notícias do seu Milton. O assistente social disse que estavam tentando localizar a família dele e, muitos meses depois, descobrimos que ele não vivia mais em Girassol. Tinha se mudado para a cidade de um irmão mais novo, localizado com muito custo pelo pessoal do albergue. Tinha ido morar com ele, mais a cunhada e dois sobrinhos.

Era um trabalho muito difícil esse. Muitas vezes, os moradores de rua não tinham documentos nem se lembravam em que cartório tinham sido registrados quando nasceram. Aí, a busca se tornava ainda mais complicada.

Outro problema era com alguns moradores que se consideravam livres pelo simples fato de morarem na rua e, sendo assim, não queriam ser ajudados de jeito nenhum. Eles imaginavam uma liberdade que, na verdade, não existia. Não percebiam que tinham regras a seguir como qualquer outra pessoa, que não poderiam fazer o que bem entendessem, como se instalar na frente do portão de uma casa ou montar acampamento numa praça.

Também havia os casos de pessoas com sérios problemas de saúde e que, durante muitos anos, tinham ficado internadas em hospitais. Quando saíam de lá, tinham de reaprender uma porção de coisas. Não sabiam varrer uma casa, atravessar uma rua, nada.

Acabavam indo morar em casas alugadas pela prefeitura porque não tinham mesmo condições de se sustentarem sozinhas. Moravam com pessoas com quem tinham mais afinidade e isso fazia com que se sentissem uma só família. O governo ajudava com uma espécie de aposentadoria e o albergue também. Elas participavam dos acontecimentos na cidade, iam a festas, bailes, teatro, cinema, zoológico, além de terem um bom relacionamento com as pessoas da comunidade. A vida delas agora era outra.

Nem dá para explicar o que eu senti naquela época com aquilo tudo. E sinto até hoje, pois, como eu sempre digo, coisa que aprendi com o Américo, nós guardamos as emoções no coração para toda a vida. Não importa que tenham se passado dez, trinta, quarenta ou sessenta anos.

Girassol mudou e continua mudando, crescendo. Assim como os quatro moleques que viviam dependurados na ingazeira contando segredos.

Eu, o Júlio, o Lucas, o Marcelo... Cada um tem a própria vida agora. O Marcelo foi estudar Engenharia em Luzes e acabou se casando (não com a Juliana) e se mudando para lá; o Júlio namorou a Sílvia pouco menos de um ano e hoje ele é fera em computação; a minha irmã é professora de inglês; o Lucas é dono de uma loja de CDs e ainda não se casou; o Tavinho formou-se professor de Educação Física e já está quase se aposentando no futebol; eu e a Gabriela acabamos escolhendo fazer a mesma faculdade: Jornalismo.

Sinto muita saudade do tempo em que ficávamos juntos na praça, correndo pra cá e pra lá, tirando fina com a bicicleta uma na do outro, jogando bola, fubeca ou simplesmente não fazendo nada. Só jogando conversa fora, aqui, debaixo desta árvore.

Acho que a ingazeira também continua crescendo, exalando ar puro, alegrias, tristezas e mais alguns sonhos de outros moleques que estão sempre aparecendo, fazendo algazarras, contando piadas e planejando coisas. Planejando sonhos.

Você imagina quanta conversa ela já ouviu nesse tempo todo? E conversa de tanta gente diferente, de gente descobrindo coisas, descobrindo o mundo... Conversa de outros meninos que também têm pressa em conhecer tudo.

— Nossa... Então, esta árvore aqui da praça já tem muitos, muitos anos!

— Tem, sim. Mas ela continua tão bonita! Você não acha?

— Eu acho. Puxa, pai! Me conta mais histórias de quando você era moleque?

— Mais? Já faz um tempão que a gente está aqui, sentados debaixo da ingazeira, conversando.

— Quando eu crescer, também vou querer trazer meu filho aqui e contar pra ele uma porção de histórias. Histórias de quando eu era criança, de quando o meu pai, o meu avô eram crianças...

— E será que você vai se lembrar de tudo mesmo? Olha que você só tem nove anos!

— Mas é claro que eu vou! Você mesmo não disse que o vô Américo vive falando que a gente guarda as coisas boas na nossa memória pra sempre?

— Isso mesmo. Na memória e no coração.

— Se você lembra dessas coisas de vinte anos atrás, eu também vou me lembrar de tudo.

— Está certo. Você venceu. Mas agora nós temos mesmo que ir, senão daqui a pouco a sua mãe vem querer saber o que aconteceu. Em todas as visitas que fazemos para os seus avós é a mesma coisa. Damos uma escapadinha e corremos pra cá!

— E daí? Eu adoro vir até aqui e ficar ouvindo as suas histórias! Deixa, pai! Depois a mamãe vem chamar... Vamos ficar só mais um pouquinho!

— Hum... Acho que já vem vindo alguém atrás de nós, Américo. Mas não é a sua mãe, não. Olha só quem vem atravessando a praça pra se encontrar com a gente! Você não disse que gosta de ouvir histórias? Então? Corre lá, Américo! O seu avô ainda tem muitas pra contar.

Nasci em Americana, São Paulo, sou casada com o Jocimar, tenho duas filhas e dezenas de livros publicados.

Passei minha adolescência brincando de mãe da rua, jogando vôlei, *betsy* (para nós, taco), andando de bicicleta e reunindo meus amigos em cima de um pé de ameixa para comer ameixa verde e ficar dependurados de cabeça para baixo. Também tive um vizinho chamado seu Antonio, que adorava assobiar, irritando toda a nossa turma. Mas o pior mesmo era quando ele não devolvia a nossa bola que caía no quintal dele. Ou, então, quando devolvia, só que furada. Esse vizinho não dava moleza pra gente!

Faz muito tempo conheci o Carlos Zanóbia, assistente social de Americana. Ele coordena um projeto superlegal aqui com os mendigos, os itinerantes e os migrantes da cidade. Foi por isso que eu quis escrever sobre essas pessoas que, mesmo fazendo parte da sociedade, geralmente são esquecidas e abandonadas. Elas também têm o direito de viver com respeito e dignidade.

Escrevi essa história muito antes de acontecer todo aquele massacre contra os mendigos de São Paulo. Nem imaginava que eles pudessem virar notícia por causa de tanta crueldade. Mas penso que, quando temos um problema, devemos falar sobre ele, e não ficar fingindo que ele não existe. Falando, buscamos soluções.

O caso da lambretinha foi real. Só que não aconteceu comigo, mas com o Jocimar, que adora contar histórias para as nossas filhas, falar do tempo de criança e adolescência dele. E elas adoram ouvir. Tanto que quando ele chega ao final da narrativa, sempre ouve a pergunta: "Pai, conta mais história do tempo em que você era moleque?".

Histórias são uma delícia. De contar, de ouvir (e, para mim, de escrever). O melhor é podermos conhecer um pouco mais sobre nós mesmos, sobre a história da nossa família, como eram, o que faziam, de que brincavam nossos pais, nossos avós e, se possível, ir até mais longe.

Como disse o Miguel, e eu concordo plenamente: "Somos uma história que não acaba nunca".

Sobre o ilustrador

Evandro Luiz mora em Belo Horizonte — MG, é ilustrador, artista plástico, cartunista e caricaturista. Foi ilustrador do jornal *Diário da Tarde* de Belo Horizonte e já trabalhou para jornais e agências de propaganda, ilustrou livros e participou de salões de arte e humor.